Amante de un príncipe
Sabrina Philips

Editado por HARLEQUIN IBÉRICA, S.A.
Núñez de Balboa, 56
28001 Madrid

I.S.B.N.: 978-84-671-9057-1
Depósito legal: B-33100-2010
Editor responsable: Luis Pugni
Preimpresión y fotomecánica: M.T. Color & Diseño, S.L.
C/ Colquide, 6 portal 2 - 3º H. 28230 Las Rozas (Madrid)
Impresión y encuadernación: LITOGRAFÍA ROSÉS, S.A.
C/ Energía, 11. 08850 Gavá (Barcelona)
Fecha impresion para Argentina: 25.4.11
Distribuidor exclusivo para España: LOGISTA
Distribuidor para México: CODIPLYRSA
Distribuidores para Argentina: interior, BERTRAN, S.A.C. Vélez
Sársfield, 1950. Cap. Fed./ Buenos Aires y Gran Buenos Aires,
VACCARO SÁNCHEZ y Cía, S.A.
Distribuidor para Chile: DISTRIBUIDORA ALFA, S.A.

Capítulo 1

CALLY Greenway estaba convencida de que toda la sala en la que se celebraba la subasta podía oír los latidos de su corazón. Respiró profundamente mientras descruzaba las piernas una vez más.

Era su noche, la noche que tanto tiempo llevaba esperando. Se miró el reloj. Sólo faltaban unos diez minutos para que los esfuerzos de tanto tiempo por alcanzar su sueño se vieran recompensados.

Entonces... ¿por qué tenía la sensación de que el cuerpo entero se le iba a disolver?

Cally cerró los ojos en un esfuerzo por encontrar una explicación lógica mientras el penúltimo artículo del lote, un Monet, alcanzaba cifras astronómicas. Sí, eso era. Aunque era restauradora de arte, el mundo del arte, en el que en noches como ésa la belleza de una obra se traducía en dinero y posesión, le era ajeno. Se encontraba fuera de lugar en la puja más prestigiosa del año de la sala de subastas Crawford, su sitio era en su estudio con un mono de trabajo.

Ése era el motivo por el que no podía concentrarse, reflexionó mientras tiraba del bajo del vestido negro de seda que su hermana le había prestado. No tenía nada que ver con el hecho de que él estuviera allí.

Cally se echó en cara incluso haberle visto llegar,

y también los síntomas físicos que la estaban asaltando. No aceptaba el efecto que ese hombre tenía en ella y mucho menos cuando, realmente, no le conocía.

Sólo le había visto en una ocasión, dos días antes durante la presentación de la subasta, pero no le conocía. Conocer significaba interacción, y no había habido ninguna entre los dos. El hombre poseía una belleza clásica, y la ropa cara junto al hecho de que estuviera en semejante lugar sugerían que estaba podrido de dinero. Quizá tuviera algún título, como duque o conde, lo que significaba que jamás se fijaría en una mujer como ella. No tenía problemas con eso, le sobraba con que hubiera habido un hombre así en su vida, no necesitaba otro.

En ese caso, ¿por qué no lograba dejar de pensar en la intensidad de esos ojos azules? ¿Y por qué le estaba costando tanto esfuerzo no desviar la mirada hacia atrás, a la derecha, a la penúltima fila de asientos de la sala de subastas?

«Porque cada vez que le miras él te lanza una irresistible sonrisa ladeada que te deja sin respiración», le respondió una voz interior que ella, inmediatamente, silenció.

–Por fin, el lote cincuenta. Dos cuadros pintados por el maestro del siglo XIX Jaques Rénard y titulados *Mon amour par la mer*, legado de Hector Wolsey. Aunque las pinturas necesitan algún trabajo de restauración con el fin de recuperar su antiguo esplendor, son sin duda alguna los dos trabajos más famosos de Rénard.

Cally respiró profundamente cuando las palabras del subastador confirmaron que, por fin, había llegado el momento que tanto había esperado. Cerró los ojos y, cuando volvió a abrirlos, el panel giratorio a la derecha del subastador estaba rotando hasta acabar mostrando los dos deslumbrantes cuadros. Contuvo el aire en los pulmones, embargada de un profundo sentimiento de admiración.

Recordó la primera vez que había visto una copia impresa de aquellos dos cuadros. Al poco de comenzar el bachillerato, su profesora de arte, la señora McLellan, les había puesto como ejemplo a Rénard al atreverse a desafiar las normas establecidas al poner a una mujer como motivo de la pintura en vez de a una diosa. El resto de la clase se había echado a reír; en los dos cuadros que componían el *Mon amour par la mer*, Rénard había pasado de pintar a la mujer vestida en uno y completamente desnuda en el otro. Sin embargo, para ella había sido un momento decisivo en su vida. Aquellos cuadros le habían hablado de belleza y verdad. Desde ese momento, se dio cuenta de que su futuro era el arte. Pero quedó horrorizada cuando descubrió que los cuadros originales se encontraban almacenando polvo en la mansión de un presuntuoso aristócrata en vez de en un museo en el que todo el mundo podría disfrutar de ellos.

Hasta ahora. Porque ahora pertenecían a Hector Wolsey hijo, cuya afición a las carreras de caballos le había llevado a pedir a la casa de subastas Crawford que los vendiera inmediatamente. Y la galería London City Gallery había estado recaudando fondos para comprarlos y para contratar a un especialista que los restaurase. El entusiasmo de ella, su impresionante currículum y su conocimiento sobre la obra de Rénard habían convencido a los directivos de la galería de que era la persona adecuada para ese trabajo. El trabajo de sus sueños y el que iba a impulsar su carrera profesional.

Cally miró a su alrededor cuando comenzó la puja, que Gina, la representante de la galería, sentada a su lado, inició. Se oyó un bajo murmullo; telefonistas agrupados en el perímetro de la sala sacudieron las cabezas mientras comunicaban la marcha de la subasta a coleccionistas de todo el mundo. En cuestión de segundos, las cifras que se barajaban excedieron la tasación del catálogo de ventas hasta un punto exorbitante. Y aunque Gina alzó la mano cada vez que el subastador pronunciaba una cifra, no logró calmarse.

Y entonces, algo pasó...

–Eso es un aumento de... un momento... diez millones. Alguien ha aumentado la puja en diez millones por teléfono –dijo el subastador lentamente mientras se quitaba las lentes y, con expresión perpleja miraba a los telefonistas–. Señora, eso significa que alguien ha ofrecido setenta millones. ¿Alguien sube a setenta y un millones?

En la sala se hizo un silencio sepulcral. A Cally el corazón parecía querer salírsele del pecho y el estómago le dio un vuelco. ¿Contra quién estaban pujando? Según los de la galería, cualquier coleccionista interesado en los Rénards iba a estar en la sala. Y la expresión horrorizada de Gina lo dijo todo; aunque, por fin, inclinó la cabeza asintiendo.

–Setenta y un millones –dijo el subastador reconociendo la puja de Gina mientras volvía a ponerse las gafas y miraba en dirección a los telefonistas–. ¿Alguien ofrece setenta y dos millones? Sí –giró la cabeza de nuevo, y otra vez–. Bien, ¿setenta y tres millones?

Gina volvió a asentir con desgana.

–¿Alguien ofrece más de setenta y tres millones? –volvió a mirar a los telefonistas.

–Por teléfono, alguien ha ofrecido ochenta millones.

¿Ochenta?

–¿Alguien ofrece ochenta y uno?

Nadie.

Cally cerró los párpados con fuerza.

–¿Ochenta millones a la una...?

Cally miró descorazonada a Gina, que negó con la cabeza a modo de disculpa.

–Adjudicado por ochenta millones de libras esterlinas.

Su cuerpo se hizo eco del sonido del martillo como un temblor sísmico.

La galería London City Gallery había perdido los Rénard.

Estaba completamente consternada. Las pinturas que adoraba se iban a saber adónde. La ilusión de restaurarlas se vio truncada y, con ello, el impulso que esperaba darle a su carrera.

El panel giratorio volvió a rotar otros ciento ochenta grados y los cuadros desaparecieron de la vista.

Todo había acabado.

Cally permaneció en su asiento con la mirada vacía y los ojos fijos en la pared mientras la gente comenzaba a abandonar la sala. No notó que el guapo desconocido aún estaba allí y apenas se percató de las disculpas de Gina a modo de despedida al marcharse. Lo comprendía, el presupuesto de la galería tenían un límite, y los cuadros se habían vendido por casi el doble del valor de la tasación inicial. Y sabía que Gina había corrido un gran riesgo al pujar tan alto como había hecho.

Bien, estaba claro que alguien quería tener esos Rénards, pero... ¿Quién? La cuestión la sacó de su parálisis. Sin duda, la galería que los había comprado necesitaría contratar a un restaurador. Sabía que era quebrar una regla no escrita, pero su única esperanza era descubrir adónde habían ido a parar los cuadros.

Se puso en pie y se dirigió al fondo de la sala de subastas donde los telefonistas estaban recogiendo.

–Por favor –le dijo al hombre que había recibido la llamada–, dígame quién ha comprado los Rénards.

El hombre se volvió, igual que varios de sus colegas, y todos la miraron con una mezcla de curiosidad y censura en sus expresiones.

–No lo sé, señora. Pero esa información es estrictamente confidencial, asunto sólo del comprador y el cajero.

Cally lo miró con desesperación.

El telefonista sacudió la cabeza.

–Sólo ha dicho que estaba pujando en nombre de un coleccionista privado.

Cally retrocedió y se dejó caer en una de las sillas vacías; después, apoyó la cabeza en las manos y luchó por controlar las lágrimas. Un coleccionista privado. La sangre le hirvió. Lo más seguro era que nadie pudiera volver a ver los cuadros hasta que el coleccionista muriese.

Sacudió la cabeza. Por primera vez desde lo de David, se había atrevido a creer que estaba encarrilando su vida. Pero todo se había venido abajo. ¿Qué le quedaba? Una noche en el hotel más barato que había podido encontrar en Londres y luego de vuelta a su abarrotada casa y, a la vez, estudio en Cambridge. Otro año de trabajos esporádicos de restauración que apenas cubrían la hipoteca.

–Da la impresión de que no te vendría mal una copa.

La voz tenía acento francés y, sorprendentemente, la hizo temblar como lo había hecho el martillazo del subastador; quizá porque supo de inmediato a quién pertenecía la voz.

Se pasó una mano por el cabello y se volvió hacia él.

–Estoy bien, gracias.

¿Bien? Cally casi se echó a reír. Aunque le hubieran pedido que restaurase todos los cuadros de la subasta dudaba poder estar bien delante de ese metro ochenta y ocho centímetros de hombre provocándole sensaciones desconocidas que no tenía ningún deseo de explorar.

–No lo pareces –dijo él mirándola con demasiada fijeza.

–¿Y quién eres tú? ¿El psicólogo que Crawford hace venir para la subasta de los últimos diez lotes por si alguien sufre un trauma?

Esos labios esbozaron una irónica e irresistible sonrisa.

–Así que notaste el momento en que llegué, ¿eh?

–No has respondido a mi pregunta –le espetó Cally ruborizándose.

–No, no lo he hecho.

Cally frunció el ceño. Después, agarró su bolso y lo cerró.

–Gracias por preocuparte por mí, pero tengo que volver a mi hotel –Cally se levantó y se volvió en dirección a las puertas abiertas de la sala de subastas.

–No soy un psicólogo –dijo él.

Cally giró sobre sus talones, como él, sin duda, habría supuesto que haría. Aunque era arrogante, al menos era honesto.

–Entonces, ¿quién eres?

–Me llamo Leon –respondió él dando un paso adelante y ofreciéndole la mano.

–¿Y?

–He venido aquí por mi universidad.

¿Era un profesor universitario? Lo primero que le vino a la mente fue que debería haber hecho sus estudios en Francia. Todos sus profesores de arte habían rondado los sesenta años, desconocedores de lo que era una cuchilla de afeitar y nunca habían oído hablar de los desodorantes. Lo segundo, fue perplejidad, ya que ese hombre parecía sumamente rico y sofisticado. Sin embargo, los franceses tenían estilo, ¿no? Y eso explicaba por qué se había limitado a observar y no a pujar.

Cally se amonestó a sí misma por haberse precipitado a juzgarle.

–Yo soy Cally –dijo ella estrechándole la mano.

Entonces, cuando los dedos de él la hicieron respirar profundamente y perder el habla, se preguntó en qué había estado pensando.

–¿Y tú... eres una desilusionada compradora? –preguntó Leon enarcando las cejas como si no pudiera creerlo.

–¿Qué te hace pensar que no pueda serlo? –respondió ella a la defensiva, aunque sin saber por qué estaba discutiendo con él cuando para un profesor de universidad era casi tan imposible como para ella comprar cuadros tan valiosos.

–Creo que no has pujado ni una sola vez.

–Así que te has fijado en mí, ¿eh? –respondió Cally más contenta de lo que debería.

Leon no se había dignado a mirarla dos días atrás, cuando ella llevaba sus ropas de trabajo en vez de ir bien vestida, como esta ocasión había requerido. Además, ¿por qué iba a importarle que se hubiera fijado en ella o no? No le llevaría nada de tiempo fijarse en otra.

Leon asintió.

–Sí, claro. Y como tú tampoco me has dicho si eres una desilusionada compradora o no, creo que estamos en paz.

Cally clavó los ojos en el lugar donde hacía unos minutos habían estado los cuadros y volvió a sentirse una fracasada.

–Es un asunto complicado. Digamos que esta noche mi vida podría haber cambiado para mejor, pero no ha sido así.

–La noche es joven –comentó Leon con una sonrisa de absoluta confianza en sí mismo.

Cally apartó los ojos de los labios de él y se miró el reloj, horrorizada de sentirse tentada a descubrir qué había querido decir él. Las diez y cuarto.

–Como he dicho, tengo que volver al hotel.

–¿Tienes algo mejor que hacer o eres la clase de mujer a la que le asusta decir que sí?

Cally se quedó helada.

–No. Soy la clase de mujer consciente de que, si alguien a quien acaba de conocer la invita a una copa, a lo que la está invitando realmente es a otra cosa, y no me interesa.

Leon lanzó un silbido.

–¿Entonces prefieres un hombre que vaya directamente al grano, que te diga exactamente lo que quiere de antemano antes de que tú contestes?

Cally se ruborizó.

–Preferiría que una copa significase una copa.

–¿Significa eso que tienes sed, *chérie*?

Con la garganta seca, Cally tragó saliva. ¿Era la clase de mujer a la que le asustaba decir que sí?, se preguntó espantada y afligida de que él pudiera tener razón. No, no tenía miedo; sin embargo, sabía por experiencia que esa clase de sí conducía inevitablemente a una desilusión. Por eso era por lo que, al contrario que las chicas que conocía, que pasaban las noches en clubs ligando, se había pasado los últimos siete años sentada delante de su mesa de trabajo hasta altas horas de la madrugada memorizando las composiciones químicas de los tratamientos de restauración de cuadros y probando todas las técnicas con el fin de conseguir éxito profesional. Pero... ¿adónde la había conducido eso? A nada.

Cally respiró profundamente. Un sí podía causarle una desilusión, pero en ese momento le desilusionaba mucho más volver a la habitación del hotel sintiéndose fracasada y con un minibar por compañía. Al menos, si aceptaba la invitación a una copa con un hombre perfectamente normal lograría olvidarse de lo que acababa de pasar.

–Con una condición –respondió Cally. No obstante, en el momento en que alzó los ojos y vio aquella irresistible sonrisa, pensó tardíamente que no había nada remotamente normal en la forma en que él la hacía sentirse. Eso era lo que debía asustarla–, que no hablemos de trabajo.

–Hecho –respondió Leon con decisión.

–Bien –Cally comenzó a darse la vuelta–. Por cierto, ¿adónde quieres que vayamos?

Capítulo 2

LEON no había pensando en ningún sitio en particular. Durante los dos últimos días, no había pensado en nada... excepto en ella. Había ido a Crawford, a la presentación previa a la subasta, para ver los cuadros a los que todo el mundo quería echarles el guante, pero se había encontrado con que quería echarle el guante a otra cosa completamente distinta, a la estrecha cintura y bien formadas caderas de la mujer de lustroso cabello cobrizo ensimismada con unos cuadros de los que él, de repente, se había olvidado.

Tras unas discretas preguntas, se había enterado de que ella era la elegida por la galería London City Gallery para realizar la restauración de los Rénard. Por una vez, el destino había jugado a su favor. Al ser necesario que se la investigara, le había parecido lo mejor quedarse para la subasta y así realizar la investigación personalmente.

Leon la observó mientras caminaban, ajeno al ruido de los taxis y autobuses en la cálida noche de junio. El vestido de seda negro le sentaba mucho mejor que la descuidada indumentaria del día de la presentación y el cabello, en vez de llevarlo recogido, le caía sobre los hombros. Esa noche, el aspecto de ella encajaba con la clase de corta y satisfactoria aventura amorosa que él tenía en mente.

–Elije tú –respondió Leon al tiempo que se daba cuenta de que habían llegado al final de la calle y aún no había contestado a la pregunta de ella de adónde iban.

Cally, cada vez menos segura de lo que estaba haciendo, miró a su alrededor y decidió que cuanto antes acabara aquello mejor.

–El primer bar que nos encontremos. Al fin y al cabo, lo importante es que sirvan bebidas, ¿no?

Leon asintió.

–*D'accord*.

Al doblar la esquina, Cally vio un letrero luminoso: *Road to nowhere*.

–Perfecto –declaró Cally en tono retador. Quizá fuera algo insalubre, pero al menos era lo suficiente ruidoso para no correr el riesgo de una larga conversación en la intimidad de una mesa para dos.

Leon alzó la cabeza en el momento en que una pareja de jóvenes salía por la puerta y comenzaban a devorarse el uno al otro contra el ventanal, y controló una sonrisa maliciosa.

–Me parece bien.

Cally le miró, dudando que hablara en serio. Después, se arrepintió de haberlo hecho ya que aquel rostro imposiblemente hermoso bajo la luz de las farolas de la calle hizo que el cuerpo entero le picara.

–Fabuloso. Y por suerte, mi hotel está a dos calles de aquí –dijo ella tanto para convencerse a sí misma de que volvería a su hotel después de una copa como para recordárselo a él.

—Estupendo.

Cally tragó saliva cuando pasaron justo al lado de la pareja, que aún seguían sin respirar, y entraron en el bar.

El local estaba muy oscuro, había una cantante y varias parejas en una pista de baile.

«Una idea genial, Cally. Esto es mucho mejor que un bar tranquilo», se dijo a sí misma en silencio con sarcasmo.

—¿Qué prefieres, un Orgasmo a Gritos o una Arremetida de Piña?

—¿Qué? —Cally se volvió y sólo sintió un ligero alivio al ver que Leon estaba leyendo lo que ponía en la carta que había agarrado de la barra del bar.

—Agua mineral, gracias —respondió ella.

Leon arqueó las cejas con expresión de censura.

—Está bien —se retractó Cally al tiempo que echaba una ojeada a la carta—. Creo que voy a tomar... un Veneno de Cactus.

¿Hacía cuánto que no bebía alcohol? Una copa de vino en el bautismo de su sobrino, en enero. La verdad era que tenía que salir un poco más.

Leon se quitó la chaqueta y pidió dos copas de lo mismo; y, sin saber cómo, consiguiendo parecer encajar en aquel establecimiento. Ella, por el contrario, cruzó los brazos a la altura del pecho sintiéndose excesivamente bien vestida y cohibida.

—En fin, no me digas que vienes aquí constantemente —dijo Cally, maravillándose de la prontitud con que había llamado la atención de la camarera; aunque, pensándolo bien, podía comprender por qué.

—Bueno, vendría si pudiera, pero vivo en Francia. ¿Y tú, qué disculpa tienes?

Cally se echó a reír, relajándose ligeramente mientras se sentaban a una mesa.

–Yo vivo en Cambridge.

–¿Quieres decir que no sabías que este bar estaba a la vuelta de la esquina?

–No, no lo sabía –Cally negó con la cabeza.

Entonces, Leon alzó su copa.

–¿Por qué quieres que brindemos?

Cally se quedó pensativa un momento.

–¿Por descubrir que trabajando duro, al final, no se obtiene recompensa; en cuyo caso, por qué molestarse?

Quizá por la compañía o por la atmósfera, se dio cuenta de que quizá debiera hablar de ello. Esperaba que fuera eso y no que no podía pasar cinco minutos sin hablar del trabajo.

Leon chocó su copa contra la de ella y los dos sorbieron el líquido verde amarillento.

–Así que no te han salido bien los planes esta noche, ¿eh? –aventuró Leon.

–Más o menos. La London City Gallery había prometido darme el trabajo de restauración de los Rénard si los adquiría. No ha sido así.

–Podrías ofrecer tus servicios a quien los ha comprado.

–Según el tipo que ha hecho la transacción por teléfono, los ha comprado un coleccionista particular anónimo –respondió ella sin poder ocultar una nota de resentimiento.

–¿Y por qué no iba a encargarte la restauración un coleccionista particular?

–Me lo dice la experiencia. Aunque lograra averiguar quién ha comprado los cuadros, lo más probable es que esa persona contrate a alguien que ya conozca o al equipo que lo haga más rápido. Para los ricos, el arte es como un Ferrari o un ático en Dubai, algo de lo que presumir, en vez de algo de lo que todo el mundo podría disfrutar.

Leon se quedó muy quieto.

–Entonces, si se pusieran en contacto contigo, ¿tu ética profesional te impediría que hicieras la restauración de los Rénards?

Cally volvió la cabeza, la emoción hacía que le picaran los ojos.

–No, no me lo impediría.

No, jamás podría rechazar la oportunidad de trabajar con unas pinturas que habían cambiado su vida, a pesar de que esa vida no parecía conducir a ninguna parte en ese momento.

Cally miró hacia el frente y sacudió la cabeza, avergonzada por su admisión.

–Sería tonta si, presentándoseme la ocasión, la rechazara. Restaurar los Rénard me daría fama a nivel mundial.

Leon asintió. Así que, a pesar de la impresión que había dado el día de la presentación de los cuadros, lo que ella quería era ser reconocida en todo el mundo. Naturalmente, pensó con cinismo, ¿qué mujer no lo quería? Y a pesar de haber dicho que no quería hablar de trabajo, cosa que no había hecho, no parecía más capaz de cumplir su palabra que el resto de los miembros de su sexo. En fin, sólo había una manera de asegurarse de ello.

Leon se recostó en el respaldo del asiento.

–Dime, ¿la primera vez que has visto los cuadros ha sido en la presentación?

Cally tembló.

–Yo... no pensaba que te hubieras fijado en mí ese día.

Leon esperó a que ella levantara la mirada para encontrarse con la suya.

–Claro que me fijé en ti, fue entonces cuando decidí que quería hacer el amor contigo. De hecho, ése ha sido el motivo de que fuera a la subasta.

Cally, perpleja por la osadía, se lo quedó mirando boquiabierta; al mismo tiempo, una traicionera excitación le recorrió el cuerpo, lo que le sorprendió más que las palabras de él. Palabras que le dijeron, por increíble que pareciese, que la había deseado incluso vestida de ella misma, no sólo disfrazada con ese vestido para no desentonar en el mundo del arte. Un mundo del que, a pesar de haber creído lo contrario, tampoco formaba parte. ¿Y él había ido allí esa noche solamente por ella? ¿Era eso posible? ¿No resultaba obvio que carecía del gen sexual, o lo que fuera que la mayoría de las mujeres parecía tener? No lo sabía, pero, de repente, todas las razones que se le habían ocurrido para detestarle se vinieron abajo, igual que sus defensas.

–Debería marcharme de aquí ahora mismo.

–Pues márchate.

–Ah... aún no me he terminado la copa.

–¿Y siempre haces lo que dices que vas a hacer, Cally?

Estaba segura de que él marcaba su acento francés intencionadamente al pronunciar su nombre, segura de que sabía que el estómago le daba un vuelco.

–No soporto a la gente que no cumple su palabra.

–A mí me pasa lo mismo –Leon la miró fijamente–.

Sin embargo, hay cosas de las que no hemos hablado, como, por ejemplo, si la copa incluye un baile.

Cally respiró profundamente al mirar a los cuerpos juntos en la pista de baile moviéndose con paso lánguido cuando la cantante comenzó una interpretación de *Black Velvet*.

–¿Lo dices en serio?

–¿Por qué no? ¿No es aprovechar el momento una de las maravillas de la vida que el arte celebra?

El arte, pensó Cally. Una celebración de la vida. ¿Cuánto tiempo hacía que lo había olvidado, que no se permitía vivir? Le absorbió con la mirada: el cabello rubio oscuro le caía sobre la frente, unos ojos con fuego que la aterrorizaban y la excitaban simultáneamente... Y por una milésima de segundo, pensó que no había perdido nada aquella noche.

Cally le ofreció la mano y le respondió con una voz que no reconoció como suya.

–Te tomo la palabra.

Tan pronto como se puso en pie, el alcohol se le subió a la cabeza y cerró los ojos, respirando profundamente. El aire era espeso y los compases de la música hicieron que vibrara todo su cuerpo. De adolescente, le encantaba aquella canción. David la había odiado. ¿Por qué no había vuelto a escucharla desde entonces?

–Vamos –Leon le puso la mano en la cintura y la atrajo hacia sí sin darse tiempo a reflexionar si aquello era buena idea o no. La deseaba con una pasión que le crispaba. Le observó la boca mientras ella seguía la letra de la canción con los labios y se preguntó si, por primera vez en su vida, iba a ser incapaz de obedecer sus propias reglas.

La letra de la canción le llegaba al alma. Él le llegaba al alma. Nunca había conocido a nadie como él. Le conocía de hacía cinco minutos y, sin embargo, aunque pareciera un tópico, era como si ese hombre la conociera mejor que se conocía a sí misma. Encontrarse pegada a él, oliéndole y tocándole, era intoxicante. Pasó las manos por la musculosa espalda, las entrelazó detrás de la nuca de Leon y permitió que la tensión abandonara su cuerpo y que éste siguiera los movimientos de los de él.

–¿Te he dicho que te encuentro muy atractiva? –le susurró Leon al oído, la calidez de su aliento haciéndola arder.

No le cabía duda de que Leon estaba acostumbrado a eso. Por ese motivo era una locura. Nunca había hecho nada parecido en toda su vida y no sabía a qué estaba jugando. Sin embargo, aunque la razón le decía que era una locura continuar, a lo único que podía prestar atención era a su cuerpo, pulsando de nuevas y exigentes sensaciones.

–¿Te he dicho que te encuentro muy atractivo? –murmuró ella con nerviosismo, contenta de no poder verle el rostro, esperando que él no notara que le temblaba todo el cuerpo.

–No –respondió Leon en voz muy baja, acariciándole el oído con los labios–. No, no me lo habías dicho.

Cally no podía soportarlo. La boca de Leon estaba haciendo estragos en su sensible piel. Tenía que besarle. De verdad. Temblando, le puso las manos en la cabeza y se la volvió hasta que sus rostros estuvieron frente a frente, sin saber de dónde había sacado el valor para hacer aquello. Lo único que sabía era que quería besarle.

Los labios de Leon le acariciaron los suyos con dolorosa lentitud; después, se abrieron con pasión. Leon sabía a decadencia, como el chocolate negro y la canela. Él le acarició la espalda suavemente, deteniéndose en la curva de sus nalgas. Era la clase de beso que no habrían podido darse en un elegante bar. Se quedó atónita al darse cuenta de que tenía mucho más que ver con la exhibición que había presenciado en la calle justo antes de entrar; no obstante, para su sorpresa, reconoció que quería más. Se dijo a sí misma que se debía a la carga erótica de aquella música mezclado con el hipnótico aroma de la colonia de él. Pero aunque echara la culpa a fuerzas externas, lo realmente explosivo era besarle. De repente, se olvidó de todo, de que acababa de conocer a ese hombre, de que era seguro que sufriría una desilusión, de que aquello sólo podía conducir al sufrimiento... porque el deseo que sentía era sobrecogedor, y él parecía sentirlo también.

–¿Quieres que nos vayamos de aquí?

Cally respiró profundamente.

–Sí.

Así que, pensó Leon luchando contra su propio deseo, ahí estaba la prueba de que no se podía confiar en la palabra de esa mujer. Ésa era su regla.

Cally tenía las mejillas encendidas y el corazón le palpitaba con fuerza cuando Leon la sacó del establecimiento. Después, en la calle, paró un taxi.

Leon abrió la puerta y la sostuvo mientras ella se subía. Después, la cerró y se quedó en la acera.

Cally bajó la ventanilla sin comprender.

–¿No nos íbamos?

–Tú, sí –respondió él con expresión seria–. Sólo querías una copa, ¿no, Cally?

Cally sintió un calor diferente quemándole las mejillas mientras Leon le indicaba al taxista con un gesto que se pusiera en marcha. Y, de repente, se dio cuenta de lo que estaba ocurriendo.

–¡Canalla! –gritó ella.

Pero el taxista ya se había puesto en marcha.

Capítulo 3

CON LA cabeza apoyada en la ventanilla del tren camino a Cambridge, bajo un fondo de rascacielos que pronto dio paso a verdes campos, Cally reconoció que jamás se había sentido tan avergonzada como en esos momentos.

Ella, Cally Greenway, casi se había acostado con un perfecto desconocido.

Pero lo peor era que casi se lamentaba de no haberlo hecho.

No, claro que no. De lo que se lamentaba era de que él la hubiera sometido a semejante humillación al rechazarla... y también de no comprender el motivo.

¿Acaso había sido ella sola quien había sentido el ardor de ese beso y Leon se había dado cuenta de que ella sería un desastre en la cama? ¿O había sido todo parte de un juego en el que Leon había querido demostrarse a sí mismo que era irresistible y que podía conseguir que cualquier mujer abandonara sus principios por él?

Cally pasó la semana siguiente preguntándose cuál de las dos teorías sería la correcta y, al mismo tiempo, atrapada entre una reavivada falta de confianza en sí misma y renovada ira. Al final, frustrada consigo misma por darle importancia, la ira ganó la partida. Debía alegrarse de haber salido ilesa y no debían importarle los motivos del comportamiento de Leon, no era nada suyo y, con toda probabilidad, no volvería a verle en la vida.

Entonces, ¿por qué pensar en esa noche y en el taxi la hacía sufrir más que haber perdido la posibilidad de restaurar los cuadros?

Cally apretó los labios avergonzada. Era porque, hasta ese momento, había pensado que había perdido el trabajo de sus sueños. Sin embargo, Leon la había hecho ver que de tanto centrarse en el trabajo había descuidado los demás aspectos de su vida. Sí, eso era. Que el hecho de saber que Leon nunca más volvería a rodearla con sus brazos la hiciera sufrir tanto demostraba que hacía demasiado tiempo que no salía con nadie y no veía a nadie, a excepción de su familia de vez en cuando.

Quizá debiera empezar a salir; sobre todo, ahora que tenía poco trabajo, pensó mientras iniciaba su ordenador para ver si tenía algún mensaje ofreciéndole trabajo. Estaba muy bien darle un impulso a su vida social mientras pensaba en qué camino tomar, pero también tenía que ganarse la vida.

Tres mensajes nuevos. El primero era propaganda de un proveedor de materiales de pintura, que borró sin leer. El segundo era de su hermana Jen, que había vuelto de las vacaciones que había pasado con su familia en Florida y quería saber si el vestido negro que le había prestado le había dado tanta suerte como cuando ella lo llevó a una ceremonia de premios de periodismo y ganó el primer premio.

Cally sacudió la cabeza, preguntándose cómo conseguía su hermana ser una profesional de primera, una esposa maravillosa y una madre ejemplar. Decidió contestar con la mala noticia cuando se sintiera menos fracasada en comparación con su hermana.

El tercer mensaje era de alguien con un nombre extranjero que no reconoció. Lo abrió con cierta aprensión y leyó:

Estimada señorita Greenway:

Su categoría como restauradora de cuadros ha llegado últimamente a oídos del príncipe de Montéz. Su Alteza desearía hablar con usted sobre la posibilidad de un trabajo. Si está interesada, deberá personarse en el palacio real dentro de tres días. Mañana se le enviarán los billetes de avión, a menos que rechace esta generosa oferta de antemano.

Un saludo,
Boyet Durand, Representante de Su Alteza Real el príncipe de Montéz

Cally parpadeó, incrédula al principio. ¿Un correo electrónico invitándola a ir a una lujosa isla francesa? Entonces, ¿por qué no lo borraba inmediatamente, consciente de que había trampa? Volvió a leer el mensaje. Porque no era la típica trampa. La persona que le había enviado el mensaje conocía su nombre y cómo se ganaba la vida. Cabía la posibilidad de que alguien hubiera visto alguno de sus trabajos de restauración en alguna galería de arte pequeña y eso le hubiera llevado a examinar su página web, pero... ¿un príncipe?

Leyó el correo por tercera vez y, en esta ocasión, no se le escapó su tono arrogante. Si era auténtico, ¿quién demonios se creía que era el príncipe de Montéz para hacer que uno de sus lacayos la ordenase ir para decidir, una vez que ella estuviera allí, si quería encargarle un trabajo o no?

Cally abrió el buscador de Internet y buscó «príncipe de Montéz» en Wikipedia. La información que apareció era irritantemente escasa. No daba el nombre del príncipe, sólo decía que, en Montéz, el príncipe era el soberano y que el actual príncipe había llegado al poder hacía un año tras la muerte de su hermano Girard en un accidente de coche a los cuarenta y tres años de edad, dejando una viuda, Toria, pero ningún hijo.

Entonces, recordó haber visto las fotos de una boda real en las portadas de las revistas el año anterior, el año en que ella se había graduado; la noticia también se dio por radio.

Cally se sintió tentada de contestar que, por generosa que fuera la oferta, el príncipe estaba equivocado si pensaba que ella podía encajar en su apretada agenda un viaje a Montéz con tan poco tiempo de antelación. Pero la verdad era que él no se había equivocado. ¿No estaba preocupada por tener tan pocas perspectivas de trabajo por el momento?

Por eso decidió esperar a que le enviaran el billete, si lo hacían...

Pero a la mañana siguiente, a primeras horas, sonó el timbre de la puerta de su casa. Dos días después, oyó la voz del piloto pidiendo a los pasajeros que se abrocharan los cinturones de seguridad porque estaban a punto de aterrizar en la isla.

La única vez que Cally había ido a Francia fue en un viaje de un día a Le Bouquet en el ferry, cuando todavía estaba en el colegio, y habían pasado el día en un aburrido hipermercado. Siempre había tenido deseos de ir a París y ver la torre Eiffel y las galerías de arte, pero por un motivo u otro no lo había conseguido. Por eso, cuando bajó salió del avión y se encontró con una vista increíble del mar, montañas y tejados de teja roja, tuvo sensación de estar viviendo algo irreal. Y por primera vez en años, se vio presa del deseo de sacar el bloc de dibujo y ponerse a pintar.

Un deseo que aumentó cuando el vehículo particular se detuvo delante de un palacio increíble. Era casi como una pintura, pensó mientras el chófer le abría la portezuela del coche.

–Por favor, *mademoiselle*, sígame. El príncipe la recibirá en *la salle de bal*.

Mientras cruzaban un impresionante arco, Cally frunció el ceño tratando de recordar, por el poco francés que había aprendido en el colegio, a qué sala se había referido.

Él debió de captar su expresión de perplejidad.

–Creo que ustedes lo llaman sala de fiestas.

Cally asintió mientras atravesaban un atrio para luego subir por una escalera color marfil con una alfombra roja en el centro.

De repente, se le ocurrió pensar en la hipocresía de sentirse tan impresionada con el palacio cuando el hombre que lo ocupaba era culpable de los excesos que ella detestaba. Y se sintió aún más avergonzada al mirarse la chaqueta y la falda negra acompañados de una camisa blanca y desear haberse puesto algo más... elegante. ¿Por qué le preocupaba la ropa con la que iba a conocer a un príncipe? Que él tuviera un palacio y un título no significaba que ella tuviera que comportarse de modo diferente a como lo hacía con el resto de sus clientes. Y él sólo debía juzgarla por su profesionalidad como restauradora, pensó con gesto desafiante al tiempo que se llevaba el portafolio al pecho.

–Bueno, ya hemos llegado, señorita Greenway.

–Gracias –respondió Cally en voz baja cuando el hombre le indicó que entrara en la sala de fiestas. Tras lo cual, el hombre inclinó la cabeza y se marchó.

Tímidamente, Cally se preparó para recibir el impacto del magnífico suelo de mármol, las extraordinarias paredes y las molduras del techo que podía ver desde el umbral de la puerta. Pero al adentrarse en la estancia, el quedo grito que escapó de su garganta se debió a una completa perplejidad.

Los Rénard. Colgados en el centro de una de las paredes, la pared opuesta a la puerta.

Corrió hacia los dos cuadros para examinarlos, temerosa de que fueran reproducciones; sin embargo, una rápida inspección demostró que su temor había sido infundado. El corazón le latió con fuerza, aunque no sabía qué era lo que sentía exactamente. ¿Ilusión? Había querido descubrir la identidad del misterioso comprador anónimo con el fin de convencerle de que ella era la persona adecuada para restaurar esos cuadros. Ahora, al parecer, él la había encontrado a ella.

¿O era horror lo que sentía? ¿No era el destino que había temido en relación a los cuadros, que acabaran escondidos en un palacio donde el público no podía verlos?

Cerró los ojos y se llevó las manos a las sienes en un esfuerzo por comprender la situación. Pero, al instante, una voz a sus espaldas lo interrumpió todo.

–¿Los reconoces?

Una voz que la hizo abrir los ojos al instante...

Leon.

Bruscamente, Cally se volvió de cara a él.

Verle casi la hizo desmayarse.

Sí, era él. Insoportablemente perfecto, su impresionante físico aún más espectacular con el traje de chaqueta azul marino.

Intentó en vano entender la situación. Leon era un profesor universitario, ¿le habían invitado para realizar un examen minucioso de los cuadros? Quizá aquélla fuera una de esas desafortunadas coincidencias de la vida...

Pero mientras contemplaba esa sardónica expresión, como si estuviera esperando a que su mente de escasas luces empezara a vislumbrar, de repente comprendió que no se trataba de ninguna coincidencia. Había acertado en su primera apreciación de él en la galería de Londres: rico, cruel, con título nobiliario. Lo que había sido mentira era todo lo demás. ¿Se llamaba Leon?

–Canalla.

–Eso ya me lo dijiste cuando nos conocimos, Cally. Sin embargo, ahora que puede que te ofrezca un trabajo, ¿no deberías ser más cortés?

¿Cortés? Se le revolvió la bilis.

–Bien, como ni por asomo voy a ser capaz de mostrarme cortés contigo, creo que debería marcharme, ¿no te parece?

Leon apretó los dientes. Sí, le parecía que debería marcharse, igual que le había parecido a él hacerlo en Londres. Pero después de innumerables noches de frustración en las que todo su cuerpo había protestado por no haberla poseído cuando se le había presentado la oportunidad, estaba harto de pensar en qué era lo mejor.

Leon le bloqueó la salida con un brazo.

—Al menos, quédate a tomar una copa.

—¿Por qué iba yo a querer hacer eso?

—Porque, de nuevo, pareces necesitarla.

¿La había hecho ir allí para volver a humillarla, para vanagloriarse de cómo la había impresionado? Decidida a no seguirle el juego, adoptó una expresión de aburrimiento.

—Me tomaré una copa camino del aeropuerto.

—¿Conoces un sitio en concreto al que ir? —respondió él burlonamente.

—No, tienes razón, no conozco ningún sitio adonde ir. Pero cualquier lugar es preferible a esta isla acompañada de un producto de endogamia a la francesa que no tiene mejor cosa que hacer que jugar con las inglesas que se encuentra.

—Inglesa —le corrigió él—. Eres única, Cally Greenway.

—Por el contrario, en todos los palacios y mansiones del planeta hay gente como tú. Es impepinable. Y ahora, lo que quiero es marcharme.

—Es una pena que el lenguaje de tu cuerpo te esté traicionando.

Cally bajó la vista y se alegró al descubrir que se había separado varios pasos de él al tiempo que estrechaba el portafolios contra su pecho.

—¿Confundes que una mujer te deteste con que se te insinúe?

—Sólo cuando el hecho de que me deteste se deba exclusivamente a frustración sexual –respondió él burlonamente indicando con la cabeza el espacio que les separaba y la postura defensiva de ella.

–Ni lo sueñes.

–Sin duda, tú también lo sueñas –contestó Leon mirándola fijamente a los ojos.

Cally sintió que las mejillas se le encendían.

–Eso pensaba –dijo él sonriente–. Piensa en lo divertido que será cuando hagamos el amor, *chérie*.

–Puede que fuera lo suficientemente estúpida para considerar la posibilidad de acostarme contigo antes de saber quién eres –declaró Cally–, pero te aseguro que no hay peligro de que vuelva a ocurrir.

–¿Sólo te gustan los que trabajan en las universidades? –preguntó Leon llevándose un largo dedo a los labios con gesto pensativo–. ¿No te van los príncipes mediterráneos?

No, lo que no le iba eran los hombres tan pagados de sí mismos. En ese caso, ¿por qué era incapaz de apartar los ojos de esos labios?

–Lo que no me van son los mentirosos, los que fingen no ser asquerosamente ricos y se muestran atentos y comprensivos cuando... –Cally se interrumpió al recordar la subasta. Leon, el único que había parecido indiferente a lo que ocurría; pero no porque no le interesara en absoluto, sino porque era tan rico como para ordenar a uno de sus lacayos que pujara por teléfono en su nombre sin preocuparse por la cantidad. Por eso había estado en la subasta, para observar cómo acababa con los demás participantes. No había sido porque hubiera querido verla otra vez. Y eso, de repente, fue lo que más le dolió–. ¡Cuando fuiste tú quien destrozó mi carrera profesional!

Leon arqueó las cejas.

–¿Has acabado? Bien. En primer lugar, te dije mi nombre; no me preguntaste el apellido y tampoco me diste el tuyo. Y lo único que yo dije era que estaba en Inglaterra por un asunto que tenía que ver con mi universidad. Y era verdad. Se acaba de terminar de construir la nueva universidad de Montéz, por encargo mío, y fui a Londres para comprar algunos objetos de arte para el departamento de arte de la universidad. Por otra parte, como fuiste tú quien eligió el sitio adonde fuimos, no se me puede culpar de que la elección no pudiera indicar mi poder adquisitivo. En cuanto a echarme en cara haberme mostrado comprensivo y atento en lo referente a tu trabajo... si no recuerdo mal, fuiste tú quien insistió en no hablar de trabajo. Al final, tú lo hiciste y yo, simplemente, me limité a no hacerlo.

–¿Te parece que elegir ser príncipe es un trabajo?

–No es una elección –dijo él muy serio–, pero sí es un trabajo.

–Ya, eso es como decir que ocultar la verdad no es una mentira. Si tú y yo estuviéramos casados –Cally titubeó al darse cuenta, tardíamente, de que debería haber elegido otro ejemplo para lo que quería decir–, y si tú te acostaras con otra mujer y no me lo dijeras, ¿te parecería bien?

–¿Bien? Casarme no entra en mis planes, Cally, así que el ejemplo no me vale.

–Qué sorpresa –murmuró ella–. Es una pena, ya que demostraría que tengo razón.

Típico que ese hombre no fuera de los que se casaban, pensó irritada; aunque no sabía por qué tenía que importarle, ya que había dejado de creer hacía mucho tiempo en los finales felices.

–Una buena sorpresa, espero –Leon aprovechó el momento–. Ya que, en vez de ser responsable de destrozar tu carrera, creo que me quedarás eternamente agradecida por darle un primer impulso. ¿Qué mejor cosa para tu currículum que la restauración de dos de los cuadros más famosos del mundo?

¿Agradecida? La idea le aterrorizó. Sin embargo, Leon le estaba ofreciendo justo lo que quería; bueno, casi.

–Has dicho que fuiste a Londres para comprar dos objetos de arte para el departamento de arte de la universidad. ¿Quieres decir que, una vez restaurados, los Rénard se expondrán allí, al público?

Leon alzó un hombro, el movimiento hizo que el puño de la camisa se alzara, mostrando un sorprendente reloj Cartier.

–Me encantaría disponer de tiempo para discutir los pormenores, pero tengo una reunión con el rector de la universidad en breve. Y aunque estoy seguro de que, dado que tanto parece gustarte el personal de universidad, encontrarías al profesor Lefevre estimulante, me temo que necesito verle a solas. Tú y yo podremos continuar esta conversación mañana por la mañana durante el desayuno.

–¿Qué?

–Desayuno. *Petit déjeuner*. La primera comida del día, *oui?* –vio su expresión de consternación–. También es el nombre de un cuadro de Renoir, si no me equivoco; aunque la experta eres tú, por supuesto.

¿Se podía tener más cara dura?

–Sé lo que es un desayuno, no necesito que me lo expliques, igual que sé que mañana voy a desayunar en Cambridge. Te recuerdo que me has invitado a venir para hablar hoy.

–Pero, después de invitarte y por desgracia, me enteré de que hoy es el único día que tiene el profesor Lefevre para reunirse conmigo. Y como tú no tienes que estar en ningún otro sitio por obligación, este asunto puede esperar hasta mañana, *oui?*

Cally estaba furiosa.

–Tengo que tomar un avión. Para volver a mi casa.

–¿Vas a tomar la decisión más importante de tu vida sin conocer los detalles?

No había nada que decidir. ¿Cómo podía considerar la posibilidad de trabajar para un hombre que le había mentido y la había humillado? A pesar de tratarse del trabajo de sus sueños... Y, por eso precisamente, le resultaba difícil ignorar la oferta de Leon. Quizá si pudiera realizar la restauración sin que él interfiriera... Podría alquilar un estudio a la orilla del mar y hacer allí la restauración; de esa manera, sólo tendría que volver al palacio cuando acabara el trabajo. La idea le pareció casi idílica.

–Si me quedara hasta... el desayuno, ¿estarías abierto a un debate sobre el modo como me gustaría realizar la restauración?

–¿Un debate? Por supuesto.

Cally calculó mentalmente cuánto dinero podía permitirse gastar en una pensión para pasar la noche, suponiendo que tomaría el avión de vuelta a Inglaterra al mediodía del día siguiente.

–¿A qué hora quieres que vuelva mañana?

–Mañana estarás aquí –dijo él, indicándole que le siguiera sin darle tiempo a protestar.

En el corredor, el hombre que la había llevado hasta allí estaba esperando.

–Éste es Boyet. Te llevará a tu habitación y te llevará la cena.

Y antes de que Cally pudiera protestar, el príncipe se había marchado.

Capítulo 4

CALLY agarró su móvil de la mesilla de noche y miró el reloj. Las dos y cuarenta y ocho minutos de la madrugada. Lo había intentado todo: tumbarse bocarriba, bocabajo y a ambos lados; cerrar la ventana para no oír el rumor del mar y así imaginar que estaba en su cama, en casa; abrir la ventana con la esperanza de que el sonido de las olas la arrullase como una nana; por último, tratar de engañarse a sí misma fingiendo no importarle si se dormía o no. Los minutos siguieron pasando. Y a cada minuto que pasaba más preguntas se agolpaban en su cerebro.

¿Por qué había ido allí?

Respiró profundamente y, con consternación, se encontró preguntándose cómo debía haberle afectado a Leon la muerte de su hermano Girard. Debía de haber sido terrible perder a un hermano y, al mismo tiempo, verse cargado con semejante responsabilidad. Sin embargo, para eso tenía que tener sentimientos, pensó amargamente; y, a juzgar por cómo la había tratado a ella, no los tenía. ¿Acaso no le había ocultado su identidad en Londres y sólo por divertimento?

Lo más seguro. Igual que debía pensar que invitarla a pasar la noche en el palacio la haría sentirse en deuda con él. ¡Ni hablar! La idea de estar en deuda con él la ponía mal y, por eso precisamente, se había negado a cenar la noche anterior. Por el mismo motivo se había acostado desnuda en aquella habitación color albaricoque, con su hermoso mobiliario blanco.

Cuando la alarma del teléfono sonó cuatro horas más tarde, Cally se sintió como un animal recién salido de su sueño invernal tres meses después de haberse dormido. Por suerte, el nuevo día le devolvió la capacidad de razonar: sólo un asunto tenía importancia y era si él estaba o no dispuesto a ofrecerle el trabajo de sus sueños.

Debía tomarse el desayuno como una entrevista de trabajo.

Una entrevista a la que le habría gustado presentarse con otra ropa que no fuera el traje arrugado que había llevado el día anterior, pensó mientras se dirigía a la terraza donde Boyet le había dicho que encontraría a Leon a las ocho y veinte de la mañana. Al menos, había tenido la buena idea de meter en la bolsa ropa interior limpia y otra blusa.

Mientras caminaba, se fijó en que aquella ala del palacio tenía una magnífica vista a la bahía. Pero cuando puso los pies en los azulejos color crema del suelo de la terraza, se vio obligada a admitir que Leon competía en belleza con el paisaje.

–¿Te gusta la vista? –preguntó él doblando el periódico.

Cally volvió los ojos al horizonte, demasiado consciente de que la había pillado.

–Supongo que es igual de bonita que la de la costa británica –Cally encogió los hombros, decidida a mostrarse indiferente a cualquier cosa que remotamente tuviera algo que ver con él.

–Ya, esto es como Gran Bretaña, pero sin la lluvia –respondió Leon burlonamente mientras le indicaba una silla.

Cally se sentó con el portafolios sobre las rodillas y la espalda rígida.

Leon la miró sin disimulo.

–Tienes un aspecto terrible. ¿No has dormido bien?

Se sintió insultada, aunque debería haberse alegrado de que Leon hubiera decidido dejar de fingir desearla. Le resultaba fácil imaginar la clase de mujer con la que él estaba acostumbrado a desayunar: maquillaje perfecto y ropa de diseño. La viva imagen de Portia la mañana que le había abierto la puerta de la casa de David con un enorme brillante rosa.

–Me temo que así es como son por las mañanas las mujeres que no se embadurnan la cara con maquillaje, Leon.

Él sacudió la cabeza con gesto irritado.

–Tú no necesitas maquillaje. Sólo he querido decir que se te ve... cansada.

El halago le sorprendió y la dejó sin saber qué hacer.

–La verdad es que podría contar con los dedos de una mano las horas que he dormido. Y dejándome el pulgar.

Leon contuvo una sonrisa y le sirvió un café sin preguntarle si quería.

–Acabamos de arreglar esa habitación. Me habían asegurado que el colchón es lo mejor que hay en el mercado. Haré que lo cambien.

Típico que Leon pensara que todo en la vida se podía arreglar con bienes materiales, pensó encolerizada mientras trataba de ignorar el delicioso aroma del café.

–No era problema de la cama, si descontamos que estaba bajo tu techo.

–¿Te dan miedo las casas grandes? –sugirió Leon fingiendo preocupación en el momento en que Boyet apareció con una bandeja rebosante de comida: pan, miel, fruta, yogur, zumo de naranja recién exprimido…

A Cally se le hizo la boca agua, pero lo disimuló.

–Aunque es verdad que tantas habitaciones son innecesarias, tampoco ha sido por eso. Lo creas o no, lo que ocurre es que no me apetece en absoluto estar cerca de ti.

–Sin embargo, aquí sigues.

–Como tú mismo dijiste, sería una tontería tomar una decisión tan importante en lo que a mi vida profesional se refiere sin conocer los detalles.

–Durante el desayuno –Leon asintió–. Pero aún no has bebido café ni has probado la comida. Así que come.

Le entraron ganas de decir que no tenía hambre, pero el apetitoso aroma de la nuez moscada y las pasas era demasiado tentador y sucumbió a un trozo de pan.

Leon la observó pensando que verla comer con tanta hambre antes de volver a cerrar aquella boca de capullo de rosa con expresión de censura era lo más erótico que había visto en la vida.

–Ninguna mujer a las que he invitado a desayunar ha hecho tantos esfuerzos como tú por parecer asqueada.

Cally prefirió ignorar el comentario y, agarrando el portafolio, lo puso encima de la mesa, cerca de él.

–Aquí están las fotos de las restauraciones de cuadros más importantes que he hecho, al igual que mi currículum. Me especialicé en Rénard porque me interesaba para la parte teórica de la tesina.

Leon abrió el portafolios y se paró en la primera página para echar un vistazo al currículum mientras tomaba café.

–Empezaste los estudios de arte en Londres –comentó él pensativamente al tiempo que levantaba la cabeza–. ¿No terminaste?

Mala suerte que fuera lo primero en lo que se había fijado. El dueño de la galería London City Gallery sólo lo notó durante la segunda entrevista.

–No, no terminé los estudios –Cally respiró profundamente–. Fue una equivocación no hacerlo. Sin embargo, tengo mucha experiencia de trabajo y, cuando dejé los estudios, pinté y seguí estudiando durante los ratos libres. El Instituto Cambridge consideró mis conocimientos en restauración lo suficientemente buenos como para concederme un diploma.

–¿Por qué no acabaste los estudios? –Leon cerró el portafolios sin ver ninguna otra página–. ¿Te enamoraste de algún profesor de la universidad y lo dejaste todo porque él no te correspondía?

–No creo que eso sea revelante, ¿no te parece?

Leon vio un brillo de algo en los ojos de Cally, señal de que había tocado un punto débil. Quería seguir indagando, pero sólo pensar en los amantes de ella le ponía malo. Algo ridículo, dado que las mujeres con las que se acostaba tenían la misma experiencia que él.

La miró directamente a los ojos.

–Resulta que, en mi opinión, el comportamiento de una persona en su vida personal es indicativo de su comportamiento como empleada.

De repente, Cally lo vio todo claro. A eso se debía lo que había ocurrido en Londres. Todo había formado parte de una investigación destinada a averiguar si él la encontraba apropiada para el trabajo. No era difícil imaginar la conclusión a la que Leon había llegado. ¿No era una ironía del destino que la noche que se había comportado tan fuera de lugar tuviera que ser la noche que más había necesitado ser ella misma? Sin embargo, ¿qué le confería el derecho de juzgarla? Que fuera príncipe no le convertía en juez.

Cally le devolvió la mirada con gesto desafiante.

–En ese caso, supongo que preferirá no examinar su propio comportamiento, Alteza.

–Como eres tú quien quiere trabajar para mí, mi comportamiento es irrelevante. El tuyo, por el contrario...

–En ese caso, ¿para qué me has hecho venir aquí si ya he suspendido tu patética prueba de personalidad?

–Porque, *chérie*, aunque has demostrado que uno no se puede fiar de tu palabra y que sólo te interesan estos cuadros porque te harían famosa en tu medio, tras serias pesquisas durante la última semana he llegado a la conclusión de que eres la mejor para realizar este trabajo de restauración.

A Cally le sorprendieron tanto los insultos como el halago que se quedó sin habla momentáneamente. Y antes de poder contestar, Leon continuó:

–En conclusión, me gustaría contratarte. Pero con

una condición: nada de publicidad. Se te permitirá añadir este trabajo en tu currículum, pero eso es todo. En
esta isla, la prensa tiene prohibido publicar nada sobre
mí o sobre mis empleados, a excepción de todo lo que
se refiera a los trabajos públicos. Es una política que se
lleva a rajatabla.

Eso debía de explicar la falta de información en Internet sobre la isla, pensó Cally, sorprendida de que
Leon pudiera pensar que ése sería el punto más conten-
cioso respecto a su contratación. Al mismo tiempo,
quiso preguntarle si había oído hablar alguna vez de la
libertad de expresión.

–Ayer dijiste que habías comprado los Rénard para
la universidad. Por lo tanto, ¿no van a estar ahí expues-
tos al público?

Leon, irritado, se pasó una mano por el cabello.

–No. Los Rénard son para mi colección privada,
para la universidad compré un pequeño Goya en la
misma subasta. Por suerte, el Goya también requiere un
trabajo de restauración.

Cally estalló.

–Así que los Rénard van a ser una especie de trofeo
para disfrute exclusivo tuyo, ¿eh?

Leon bebió un sorbo de café.

–Si es así como lo ves, sí.

–O sea, que ayer me volviste a mentir.

–No te mentí, sólo pospuse darte explicaciones –Leon
se encogió de hombros–. ¿Vas a intentar hacerme creer
que te importa?

–¡Claro que me importa!

–¿En serio? Si no recuerdo mal, dijiste que, a pesar
de ir en contra de tus principios éticos, nada te ha-

ría rechazar la restauración de los cuadros. A menos que...

—¿A menos que qué?

—A menos que te retractes de lo que dijiste. Otra vez.

Le atrapó la mirada en un desafío. Cally sabía que le estaba tendiendo un anzuelo y el instinto le dijo que saliera de allí a toda prisa. El único motivo por el que Leon había comprado los cuadros era para presumir. Era un mentiroso. Y ningún otro hombre la había humillado tanto.

Pero adónde iba a ir, ¿a ningún trabajo y un montón de recibos pendientes? Si se marchaba y renunciaba a realizar el trabajo de restauración de sus sueños, lo haría sólo por orgullo. Y además, aunque le costaba admitir que le importaba la opinión que Leon tuviera de ella, acabaría convencido de que ella era incapaz de mantener su palabra.

Si rechazaba la oferta de Leon, la única que saldría perdiendo sería ella. Leon contrataría a otra persona para hacer el trabajo, y un hombre con más dinero que ética acabaría aplastando sus sueños por segunda vez. La sola idea hizo que le hirviera la sangre. ¿Y qué si tanto Leon como los planes que tenía para los cuadros se contraponían a sus principios? Por una vez en su vida, ¿por qué demonios no podía aprovechar una oportunidad así?

—¿Quieres que empiece a trabajar de inmediato?

—Depende. ¿Firmarás un contrato en el que se estipule que perderás el empleo si no cumples con la condición explícita en dicho contrato, la que te he expuesto hace un momento?

—No veo por qué no.

–En ese caso, esta misma tarde me viene bien.

Cally sonrió aprensivamente, decidida a ponerle las cosas difíciles.

–En ese caso, necesitaré algo de dinero por adelantado para poder alquilar un sitio en el que vivir y...

–¿Alquilar un sitio? –repitió Leon con visible desagrado.

Ella asintió.

–¿Por qué demonios crees necesario alquilar nada cuando, como tú misma has dicho, este palacio tiene habitaciones de sobra?

–Porque... porque, dadas las circunstancias, no creo que vivir y trabajar aquí sea apropiado.

Leon arqueó una ceja.

–¿Circunstancias?

–Sabes perfectamente a qué me refiero.

–Si nos hubiéramos acostado juntos lo entendería, *ma belle*, pero como no ha sido así el problema no existe, *d'accord?*

«Sí, claro que existe, existe un problema enorme», pensó Cally. «Y el despreciable y hermoso rostro del problema me está mirando fijamente».

–Bien. Me alojaré aquí y trabajaré aquí. Pero necesito mis materiales y herramientas de trabajo, mi equipo –Cally se miró el traje–. Y también voy a necesitar traer mi ropa.

–No será necesario –repuso Leon como si la idea le pareciera ridícula–. Haré que te traigan todo el material y herramientas que puedas necesitar de París, guardarropa incluido.

–¡No necesito un nuevo vestuario!

Leon paseó una mirada crítica sobre el traje de ella.

–Siento llevarte la contraria, pero a mí me parece que sí.

El insulto la hizo enrojecer y le subió la temperatura corporal.

–En ese caso, es una suerte que no me importe tu opinión.

–¿Una suerte? Yo diría que es irrelevante –declaró Leon vaciando su taza de café.

–¡Pero...! –Cally le lanzó una furiosa mirada, el cuerpo entero temblándole de frustración.

A pesar de ello, Leon la ignoró y continuó:

–Hasta entonces, supongo que querrás examinar las pinturas. También haz una lista de todos los materiales que precises y dásela a Boyet esta tarde, él se encargará de hacer el pedido inmediatamente –Leon paseó los ojos por toda ella mientras se ponía en pie–. Y aunque habrá que esperar a mañana para que la ropa llegue de París, no creo que te haga daño quitarte esa chaqueta. Pareces a punto de desmayarte.

Cally también se puso en pie torpemente, decidida a que Leon no fuera quien pusiera el punto final a la reunión.

–Puede que estés acostumbrado a que las mujeres se desmayen en tu presencia, Leon, pero te aseguro que a mí me dejas completamente fría.

–En ese caso, *chérie*, si eres así cuando estás fría, no quiero ni imaginar cómo eres al rojo vivo –dijo él burlonamente, y echó a andar para entrar en el palacio.

–En ese caso, espero que seas un hombre paciente –le gritó ella.

Al ver que Leon ya había cruzado las puertas de cristal, se permitió volver a sentarse en la silla y se quitó la maldita chaqueta.

–No estoy seguro de que sea necesario mostrarme paciente –dijo Leon abriendo la persiana interior de las puertas y clavando la mirada en la blusa de ella–, ¿no te parece?

Capítulo 5

ME PERMITE que le lleve esto a su habitación, señorita Greenway?

Cally abrió la boca con incredulidad cuando, a la mañana siguiente, al bajar las escaleras, se encontró a Boyet rodeado de innumerables cajas y bolsas.

–Espero que entre todo eso haya algo que pueda ponerme para trabajar. Pero sí, gracias, Boyet. Déjeme que le eche una mano.

A pesar de las protestas del empleado, Cally ayudó a Boyet a subir los cincuenta y cuatro envoltorios. Pero después de abrir todos los paquetes, confirmó que su suposición había sido errónea. Sí, entre los zapatos de tacón, vestidos de cóctel y embarazosa multitud de prendas de lencería, encontró algún que otro par de pantalones de lino y unos vaqueros de diseño, pero nada apropiado para quedar manchado de pintura. En realidad, era la clase de vestuario apropiado más para una amante que para una empleada.

Por fin, se decidió por los vaqueros antes de irse a trabajar.

Cally dudaba que las tijeras de cortarse las uñas volvieran a servirle para ese menester, pero veinte minutos después sentía una rebelde alegría mientras bajaba las escaleras con las perneras de los vaqueros de diseño recién cortadas, ahora le llegaban a medio muslo, y una blusa de seda azul atada a la cintura.

El estudio era tres veces más grande que el de Cambridge. Unas altas puertas de cristales, de cara al mar, dejaban entrar la luz natural en abundancia. Por lo demás, la estancia estaba escasamente amueblada: una hilera de armarios, una pila, un sofá con una manta roja encima y un equipo de música en un rincón.

Y, por supuesto, los dos Rénard dominando el espacio.

Sin embargo, aunque Leon parecía haber decidido dejarla tranquila aquella mañana, igual que el resto del día anterior, descubrió con perplejidad que no se encontraba tan centrada como otras veces al iniciar un trabajo, cosa sumamente sorprendente tratándose de los Rénard.

Arrimó el taburete a las dos obras maestras y respiró profundamente, forzándose a concentrarse en la tarea entre manos a pesar de que la cabeza le daba vueltas. Quizá el silencio era excesivo, estaba acostumbrada a que el ruido del tráfico se filtrara por la ventana. Se acercó al estéreo y examinó la colección de DVD... Aunque se sintió tentada de ponerlo, sabía que sólo serviría para recordarle aquella noche, lo que la dejaría completamente confusa. Al final, se decidió por jazz contemporáneo y después se sentó en el taburete.

Su principal habilidad era su capacidad de concentración, siempre lo había sido. Pensó en el curso de restauración que había hecho en Cambridge. Había habido estudiantes con mucho más talento natural que ella; pero, según la opinión de su propio profesor, nadie se esforzaba ni estudiaba tanto.

Por fin, volviendo al trabajo, dijo en voz alta:

–Lo primero, unas fotos. Así es como voy a empezar.

Se levantó del taburete, agarró el bolso y sacó su usada cámara. Después, dio un paso atrás y enfocó con la cámara.

–¿Pensando en tu querido portafolio, *chérie*?

Al oír la voz de Leon, bajó la mano con sentimiento de culpabilidad. Tan pronto como lo hizo, se dio cuenta de lo ridículo que era; no obstante, ahora le temblaba la mano demasiado para continuar.

Pero sólo porque Leon la había sobresaltado, pensó. ¿Cómo había entrado sin hacerse oír? Le molestaba no saber cuánto tiempo llevaba allí observándola y apuntó mentalmente no olvidar bajar el volumen la próxima vez que oyera música, aunque no estaba alto.

–Sacar fotos del estado de la obra antes de empezar en ella forma parte del proceso de restauración –contestó Cally a la defensiva al tiempo que se volvía de cara a él.

El aspecto de Leon la tomó por sorpresa. Estaba sentado en uno de los brazos del sofá con un par de pantalones vaqueros gastados que moldeaban sus muslos y una camiseta blanca que ensalzaba su vientre liso, pero aquella ropa informal no traicionaba el poder que emanaba de él.

Con la garganta repentinamente seca, tragó saliva.

–¿Querías algo? –preguntó ella.

–Sólo venía para asegurarme de que la cortadora de césped del palacio no te ha atacado –comentó él burlonamente al tiempo que le mostraba dos perneras cortadas de un vaquero–. Stéphanie se ha quedado preocupada al ver esto cuando limpiaba tu habitación.

Cally sonrió.

–Como puedes ver, estoy bien.

–Es una pena no poder decir lo mismo de los vaqueros.

–Lo que es una pena es que no me permitieras que me trajera mi propia ropa. ¿Cómo voy a trabajar con ropa de diseño ceñida? Tienes suerte de que no haya decidido imitar a Julie Andrews y me haya vestido con cortinas.

–¿Qué? –las palabras de Cally le sacaron de su estado de media erección. Nada más entrar en la habitación, se había quedado trastocado con las pequeñas nalgas y las bien formadas piernas de Cally enfundadas en esa especie de pantalones cortos caseros. Pero ahora se daba cuenta de que el trabajo de tijera había sido un acto de protesta por el hecho de que no la hubiera dejado salirse con la suya.

–Ya sabes, Julie Andrews en *Sonrisas y lágrimas*: hace ropa a los niños con tela de cortinas. ¿No la has visto?

–No.

Cally le miró con nuevos ojos, comprendiendo realmente y por primera vez que no era sólo un hombre imposiblemente atractivo que la había dado un beso antes de humillarla y mentirle. Leon pertenecía a la realeza, era el regente de una isla mediterránea. Cuando ella de pequeña se había pasado las vacaciones con su hermana viendo películas en la televisión mientras sus padres trabajaban, ¿qué había estado haciendo Leon? ¿Inaugurar una universidad aquí, hacer una visita de estado allá?

Le resultaba difícil imaginarlo, aunque quizá fuera porque él mismo había descrito su papel en ese lugar como un trabajo. Pero eso era ridículo, porque ser miembro de la realeza no era un trabajo, era ser quien era. Sin embargo, ¿cómo era que Leon había parecido encajar perfectamente en aquel bar de Londres cuando debería haber parecido más fuera de lugar que un Van Gogh en unos servicios públicos?

Rápidamente, volvió a meter la cámara en el bolso y se sentó en el taburete.

–¿No tienes nada que hacer hoy por la mañana?

Leon nunca se había alegrado tanto de que alguien se sentara en un taburete en vez de en una silla al ver que, por el borde de los pantalones cortados, asomaba la incipiente redondez de una nalga perfecta.

–Nada... hasta la reunión, más tarde, con el presidente de Francia.

–Ah. En ese caso, supongo que tendrás que prepararte antes para la reunión –comentó Cally tratando de concentrarse mientras vertía agua destilada en una jarrita.

–Si no interfiere con tu trabajo, me gustaría quedarme aquí un rato viendo lo que haces.

No era una pregunta, teniendo en cuenta la altanería con que había sido pronunciada. Y le resultó imposible contestarle que, si se quedaba, corría el peligro de atravesar el lienzo con el bastoncillo de algodón. Pero había trabajado muchas veces en presencia de más gente y, al fin y al cabo, ahora no tenía que hacer nada más que quitar polvo a las pinturas. Lo único que necesitaba era un poco de concentración.

–Como quieras.

Leon notó su titubeo y sonrió para sí mismo.

–¿Puedes trabajar sin haber recibido el material de París?

Cally se sintió algo más relajada, contenta de hablar de trabajo.

–La limpieza, sí. Al principio, es más una cuestión de paciencia que de materiales y herramientas.

–Eso pasa con muchas cosas –dijo él pronunciando las palabras con intencionada lentitud.

Su mente conjuró una imagen de Cally con uniforme de enfermera atendiéndole en la cama, y la erección incipiente al ver las piernas de ella se incrementó.

–Dime, ¿siempre quisiste ser restauradora de pintura?

Sentada en el taburete, Cally notó tensos los músculos de sus hombros.

–Al principio, quería ser pintora, pero la situación cambió. Ya no pinto.

–Nuestras vidas no siempre siguen el curso deseado, *non?*

–No –confirmó ella, encontrando el valor necesario para comenzar con una esquina del primer cuadro.

Debía de haberse referido a la muerte de su hermano, pensó Cally; si Girard estuviera vivo, Leon no se habría convertido en príncipe. Quiso preguntarle sobre ello, pero no lo hizo por cuestión de respeto.

–La providencia actúa de forma misteriosa, ¿no te parece?

–Yo diría que ese punto de vista es quizá demasiado romántico para mí.

Le oyó moverse y, por el rabillo del ojo, le vio apoyarse en los muebles a su izquierda y quedarse contemplando su perfil.

–¿Quieres decir que no crees en el romance, *ma belle*?

Cally mojó el bastoncillo de algodón en el agua destilada y evadió la pregunta.

–¿Y tú?

–Yo soy francés, Cally –Leon lanzó una queda y ronca carcajada–. Lo llevo en la sangre.

–Es curioso, dado que ayer mismo me dijiste que la idea del matrimonio te resulta intolerable.

Leon la miró con escepticismo.

–Para ser alguien que asegura no tener interés por el tema, su capacidad de recordar es excelente.

–Tener buena memoria es esencial en mi trabajo –respondió ella rápidamente–, es imprescindible recordar los compuestos químicos.

–Sí, claro, tu trabajo –Leon se pasó una mano por la barbilla con burlona sinceridad–. De eso era de lo que hablamos ayer. Dime, ¿es accidental que hayas empezado a trabajar en el cuadro con la mujer vestida o lo has hecho intencionadamente?

–¿Qué?

–¿Que si, intencionadamente, has comenzado a trabajar en el cuadro menos dañado de los dos?

Cally apretó los labios, consciente de las segundas intenciones de la pregunta.

–Sí, ha sido intencional. Me permite acostumbrarme a las técnicas necesarias antes de emprender la tarea de restauración de zonas dañadas más extensas.

Leon contuvo una sonrisa.

–Perdona, te había prometido observar en silencio. En fin, voy a dejarte trabajar en paz mientras recojo unas cosas; es decir, si no te molesta.

Cally inclinó la cabeza. Pero no comprendió el significado real de sus palabras hasta que no le vio acercarse al mueble que había a la entrada de la estancia y retirar una toalla.

–Creía que estaban vacíos –comentó ella.

–Sí, todos menos éstos. Me había deshecho de la mayor parte de mi equipo debido a que ahora tengo muy pocas oportunidades de utilizarlo.

–¿Equipo?

–Equipo de submarinismo –explicó Leon. Y, al notar una intensa curiosidad en el rostro de ella, supuso que no podía perjudicarle decírselo–. Antes de que me hicieran regente de la isla, trabajaba de submarinista en la Marine Nationale.

Cally trató de ocultar su sorpresa.

–¿La Marina Francesa? –podía imaginarlo de capitán o almirante, pero ¿submarinista? Desde luego, eso explicaba su excelente forma física, pensó mientras le veía agarrar el bajo de la camiseta.

–Esta habitación es la más próxima al mar. Era mi base para los entrenamientos antes de alistarme.

Una especie de parálisis se apoderó de ella cuando Leon expuso su musculoso pecho y anchos hombros. Vio una cicatriz que le bajaba desde el ombligo y desaparecía debajo de la cinturilla de los vaqueros. Aquella muestra de la falibilidad de él la fascinó. ¿Cómo se había hecho la herida? ¿Qué sentiría si pudiera recorrer con las yemas de los dedos aquella cicatriz y descubrir adónde conducía? Y más importante, ¿por qué estaba pensando esas cosas? El pulso le latía con fuerza y... ¡Cielos, Leon se estaba desabrochando la bragueta del pantalón!

Cally acercó el rostro al cuadro fingiendo examinarlo de cerca, tratando de concentrarse en el genio artístico de Rénard. Sin embargo, aquella obra maestra de la naturaleza le resultaba mucho más impresionante que la nacida del genio de un pintor.

Cuando levantó la cabeza, le vio con unos calzones de baño azul claro. Se sintió frustrada por no saber si los había llevado debajo del pantalón.

–Hace semanas que no hacía un día tan caluroso –Leon se acercó al pequeño frigorífico al lado de la pila y bebió un largo trago de agua.

–Desde luego, hace más calor que ayer –respondió ella débilmente.

–En ese caso, ven conmigo –Leon indicó con un movimiento de cabeza la vista del mar por la ventana.

¿Que fuera con él? ¿A sumergirse en el mar?

–Gracias, pero debería acabar con lo que he empezado.

–Sí, claro –dijo él pronunciando lentamente–. Cuida de no pasar demasiado calor aquí tú sola.

Y tras esas palabras, abrió las puertas de cristal, caminó la corta distancia al acantilado y se tiró de cabeza.

Tras el esfuerzo que le había costado resistir la tentación, Cally pensó que lo que necesitaba era recordarse a sí misma la importancia de aquella oportunidad que se le había presentado en su vida profesional. Y, para ello, nada mejor que hablar con alguien que sabía lo que significaba para ella.

Se agachó ligeramente y rebuscó en el bolso. Por fin, encontró el teléfono móvil manchado de pintura y pronto encontró el número de su hermana.

Jen contestó bajo el típico ruido de fondo que parecía envolverla siempre. Si no eran Dylan y Josh saltando el uno sobre el otro, era jaleo de la oficina. En esta ocasión, parecía lo segundo.

–Cally, ¿cómo estás?

–Hola, Jen, estoy bien –respondió Cally sin saber por qué su hermana parecía preocupada a juzgar por su tono de voz.

Aunque había querido hacerlo, no le había dicho nada a Jen sobre Montéz.

–¿Te pillo en mal momento? –preguntó Cally.

–No, en absoluto. Estoy en Downing Street esperando a que salga el primer ministro, pero puede que me toque esperar horas. Estaba preocupada porque te he dejado un mensaje en el contestador invitándote a cenar el domingo y no me habías contestado.

–¿Cuándo me dejaste el mensaje?

–Anoche.

¿La noche anterior? ¿Había tardado menos de veinticuatro horas en contestar y su hermana ya estaba preocupada por ella?

–Gracias, pero no voy a poder ir. Estoy en Montéz.

–¿En Montéz? –repitió su hermana en tono de incredulidad–. Estupendo. Ya era hora de que te tomaras unas vacaciones.

–No estoy de vacaciones. Estoy restaurando los Rénard.

–¡Cally, eso es fantástico! ¿Cómo ha sido? Cuéntamelo todo. ¿Conseguiste averiguar quién los compró?

–El comprador me encontró a mí.

–Eso es porque eres la persona perfecta para el trabajo. ¿Acaso no te dije que cabía esa posibilidad? Bien, ¿quién es?

Cally titubeó. No había imaginado que aquella conversación acabaría, inevitablemente, centrándose en la persona en la que trataba de no pensar.

–Es el príncipe de aquí.

Se hizo una pausa.

–¡Dios mío, no me digas que tu cliente es Leon Montallier!

A Cally casi se le cayó el teléfono de la mano.

–¿Cómo sabes quién es?

Jen lanzó un silbido.

–Cualquiera que trabaje en un periódico sabe quién es. Aunque tenemos prohibido escribir nada sobre él. Nadie sabe nada, ese hombre es un enigma.

–Más bien un canalla –respondió Cally, desviándose de las puertas de cristales a las que se había acercado involuntariamente–. No merece la pena saber nada sobre él.

–Eh, un momento... ¿no te acaba de contratar para realizar el trabajo de tus sueños?

–Sí –admitió Cally, tratando de parecer entusiasmada, ya que era el propósito de su llamada–. Y la oportunidad de trabajar en la obra de un gran pintor como Rénard es increíble, pero...

–¿Pero qué? ¿Es que, por el hecho de ser príncipe, se cree con derecho seducirte?

La franqueza de Jen a veces la sorprendía y le divertía, pero ese día no le hacía ninguna gracia.

–No quiere que los cuadros acaben en una galería, eso es lo que pasa. Para él, sólo son un símbolo de su nauseabunda riqueza.

–Bueno, siento mucho decirte que no me sorprende –dijo Jen, sin saber que su primer comentario había dado en el clavo–. Pero eso no quiere decir que tú no puedas hacer público el proceso de restauración que estás llevando acabo, ¿no?

–¿Qué?

–Mi periódico podría escribir sobre el asunto. Nuestro especialista de arte, Julian, se moriría por escribir cualquier cosa sobre ese asunto.

–Imposible. Me ha obligado a firmar un contrato según el cual me está totalmente prohibido... ¿Jen?

El ruido de fondo incrementó considerablemente.

–Jen, ¿me oyes?

–¡Perdona, tengo que dejarte!

–Bien, lo entiendo. Escucha, olvida lo que te he dicho sobre él, ¿de acuerdo?

Leon sonrió al aproximarse a las puertas del estudio. La encontró de cara a la pared opuesta, de espaldas a él, terminando una conversación telefónica.

Sabía que Cally le deseaba, estaba escrito en cada movimiento de su delicioso cuerpo, en sus expresivos ojos verdes. Se preguntó durante cuánto tiempo continuaría fingiendo que lo único que le interesaba eran los cuadros. ¿Acaso había olvidado lo claro que lo había dejado en aquel bar londinense? ¿Y también había olvidado haberle dicho que lo que esperaba con ese trabajo, fundamentalmente, era darse a conocer? Dado que él se había asegurado de que lo segundo le resultara imposible, le parecía obvio el motivo por el que había aceptado el trabajo: él. Además, por experiencia, sabía que las mujeres, para conseguir a un hombre, fingían interés sólo en sus carreras profesionales. Se trataba de mujeres supuestamente liberadas que aprendían un oficio con el fin de coaccionar a un hombre a que se casara con ellas, por lo que no se diferenciaban gran cosas de sus antepasados un siglo atrás, simplemente había desarrollado técnicas más sofisticadas.

Y aunque Cally no le había dicho que quisiera casarse, él no dudaba que, de acostarse con ella durante un tiempo, acabaría viéndola mirar con expresión ensoñadora los anillos del escaparate de alguna joyería.

−¿Alguien especial?

Tras un sobresalto, Cally se dio la vuelta y le vio cruzando el estudio. ¿Cómo demonios no le había oído entrar? Bajó la mirada, convencida de que Leon iba descalzo. E iba descalzo. Pero pronto se dio cuenta de su error, ya que incluso los pies de él le parecieron imposiblemente sensuales. Sin embargo, lo peor fue cuando fue subiendo los ojos por las mojadas piernas, la toalla atada a la cintura y a ese increíble pecho.

−¿Qué?

−Estabas hablando por teléfono −Leon le sonrió−. En fin, me temo que debo marcharme, no puedo hacer esperar al presidente de Francia.

Cally tragó saliva al verle desatarse la toalla de la cintura y echársela a los hombros.

−Volveré mañana por la tarde, cuando el jeque de Qwasir y su prometida vengan a cenar. He pensado que quizá quieras acompañarnos y enseñarles los cuadros que estás restaurando.

Cally se lo quedó mirando con expresión de perplejidad. En primer lugar, porque la había invitado; en segundo lugar, porque a pesar de su oposición a la prensa, se codeaba con dos personas de las que continuamente hablaban los medios de comunicación.

–¿Te refieres a la pareja que aparece en las primeras páginas de todos los periódicos del mundo?

Leon asintió.

–¿Y quieres que les enseñe los cuadros? –aunque detestaba la idea de que coleccionistas privados utilizaran sus colecciones para presumir delante de los amigos, no pudo evitar entusiasmarse ante la idea de enseñarlos.

–Eso es lo que he dicho –respondió Leon, consciente de que, a pesar de haber soñado con tenerla a su lado vistiendo una de esas prendas de noche ceñidas, Cally lo veía como una oportunidad de relacionarse con gente famosa y rica.

–Gracias, acepto encantada.

–Naturalmente. Hasta entonces, supongo que querrás seguir haciendo lo que has venido a hacer aquí.

Capítulo 6

LO QUE has venido a hacer aquí». Las sarcásticas palabras de Leon reverberaron en su mente. Ojalá fuera así. Era realmente lo que quería hacer; sin embargo, otro día había transcurrido improductivamente. A pesar de que los materiales habían llegado por la mañana y a pesar de que había estado sola sin que nadie la molestara, no había podido evitar acercarse a las puertas de cristal e imaginarle en el agua.

No era propio de ella comportarse así, pensó al entrar en su dormitorio. Siempre que tenía un trabajo se entregaba a él por entero, excepto cuando se estaba preparando para licenciatura en la Facultad de Arte. ¿Se debía a que cada vez que le atraía un hombre se convertía en un manojo de nervios y perdía por completo la capacidad para concentrarse?

Recordó el verano que conoció a David. Por entonces, ella trabajaba de camarera en una cafetería en las tierras de la mansión del padre de él. Se había sentido halagada por las atenciones de David y le había impresionado el mundo de la alta sociedad en la que él se desenvolvía; sin embargo, eso no la había hecho sentirse paralizada, como le ocurría ahora. No, no había sido eso lo que la había hecho dejar los estudios de arte, sino tontamente haberle creído cuando le dijo que ella jamás sería una gran pintora si se concentraba excesivamente en la obtención del título. Fue más tarde cuando descubrió que, igual de machista que su padre, David detestaba la idea de que las mujeres estudiaran en la universidad; sobre todo, una mujer cuyo padre era un sencillo trabajador de correos.

Entonces ¿qué le pasaba con Leon?, se preguntó mientras abría el armario y descubría que alguien había vaciado las cincuenta y cuatro cajas y había colocado el contenido en el armario. Le hizo gracia descubrir que también habían puesto unas camisetas y algunos pantalones cortos. ¿Y por qué tenía ganas de ponerse uno de esos vestidos espectaculares cuando odiaba el exceso que representaban? Porque los invitados de Leon era un jeque del desierto y una modelo; naturalmente, debía ir vestida conforme a la ocasión.

Eligió un precioso vestido color jade con un bajo asimétrico que le acarició las piernas mientras bajaba las escaleras. Pero cuando llegó al gran comedor, lo encontró completamente vacío. Miró el reloj de pared, preguntándose si se habría equivocado de hora. No, no se había equivocado de hora, quizá de lugar. Aquel palacio era tan grande que Leon podía dar festejos en muchas habitaciones.

–¡Boyet! –exclamó Cally divisándole al dar la vuelta a una de las escaleras interiores–. Había quedado en reunirme con Su Alteza en el comedor a las ocho para cenar. ¿Es que la cena va a ser en otra parte?

–Ha habido un cambio de planes, señorita –Boyet miró el suelo, claramente avergonzado de estar en posesión de una información de la que ella carecía–. La última vez que he visto a Su Alteza ha sido fuera, parecía ir a bucear.

–¿Con este tiempo? –preocupada, Cally frunció el ceño al mirar por una alta ventana el cielo azul índigo y el creciente viento golpeando los cristales–. Gracias, Boyet.

Tras esas palabras, giró sobre sus altos tacones y se dirigió rápidamente a su estudio con paso menos elegante que con el que había bajado las escaleras.

El estudio estaba a oscuras y aminoró el paso al acercarse a las puertas de cristales, casi con miedo a mirar al mar por temor a lo que pudiera ver. Por fin, agarró la manija de la puerta y la giró; pero al descubrir que estaba cerrada con llave, se volvió para buscarla.

–¿Buscas algo?

Tras un sobresalto, Cally encontró a Leon sentado en el sofá. La mirada acusatoria de él estaba en concordancia con el tono de advertencia de su voz.

–Boyet ha dicho que estabas ahí fuera –Cally alzó una mano para indicar el oscuro mar. En su opinión, la única que tenía motivos para estar enfadada era ella.

–Y lo estaba –respondió Leon bruscamente mientras ella encendía la lámpara que estaba al lado de los cuadros.

Al instante, la estancia quedó suavemente iluminada.

Leon llevaba unos vaqueros y una camiseta que dejaba ver que su piel estaba aún mojada. El cabello también mojado. A pesar de sí misma, admitió que era lo más atractivo que había visto en su vida.

–¿Estás loco?

–¿Loco por ir con tanto retraso a una cena tan importante? –preguntó él burlonamente, mirándola con expresión tan crítica que el contento de llevar ese vestido se evaporó de repente.

–Loco por salir a bucear con un mar tan revuelto –le corrigió Cally–. ¿No te basta con una cicatriz?

Leon esbozó una cínica sonrisa.

–Aunque tu capacidad de observación es tan enternecedora como el hecho de que parezcas preocupada por mi bienestar, te aseguro de que darme un baño en la cala de al lado de casa no puede considerarse un riesgo si lo comparamos con desactivar una bomba a cien metros de profundidad. Admito que ya hace tiempo de aquello, pero...

–Entendido –Cally se sonrojó visiblemente–. Bien, ¿qué hay de la cena? Boyet ha dicho que ha habido un cambio de planes.

–Sí, así es. Desgraciadamente, Kaliq y Tamara no pueden venir. Al parecer, están agotados por el viaje.

–¿No te parece que habría sido lo correcto decírmelo con el fin de evitarme la molestia de engalanarme?

–Por lo que sé de ti, no imaginaba que te resultara una molestia –Leon se quedó mirando las piernas de Cally, recordándolas en pantalones cortos–. Aunque debería haberlo supuesto, ¿verdad?

–¿Deberías haber supuesto qué? –preguntó ella frustrada por no saber a qué se debía el mal humor de Leon.

–A que todo es diferente cuando se te presenta la posibilidad de alcanzar algo de fama.

–¿Fama? –Cally le miró sin comprender.

–Se te da muy bien, lo reconozco –comentó Leon con expresión de asco.

–¿Qué es lo que se me da muy bien, Leon? Al menos,

dime qué demonios se supone que he hecho para así poder defenderme.

Leon lo había tirado antes de que ella hubiera acabado de hablar. En vez de darle al primer lienzo, tiró la lámpara, que se hizo añicos en el suelo; por suerte, pasó al lado del segundo cuadro, sin darle. Sólo hasta después de cubrir los Rénard con su cuerpo para defenderles de otro ataque se dio cuenta de que lo que Leon había arrojado era un periódico doblado.

–¿A qué demonios estás jugando?

–Eso mismo te iba a preguntar yo a ti.

–¿Qué? –gritó ella exasperada–. ¡Eres tú quien por poco no ha destruido dos obras de arte por valor de ochenta millones de libras esterlinas!

–Mis ochenta millones –replicó él con voz suave–. ¡Tú y la prensa!

Tras darse cuenta de que algo se le había escapado, Cally se agachó, agarró el periódico y apretó los dientes al leer el encabezamiento de la página:

EL MUNDO DE HOY

La restauración de las dos obras maestras de Rénard desde su subasta.

¡La restauradora de arte, Cally Greenway, comparte su secreto de ochenta millones!

Sus ojos se agrandaron con horror. ¿No le había dicho a su hermana que nada de escribir un artículo sobre el asunto? Sus mejillas se encendieron mientras trataba de recordar los detalles de la conversación, detalles nublados porque su mente estaba parcialmente pensando en él. Sí, se lo había dicho, y sabía que Jen jamás la habría traicionado. A menos que... que con tanto jaleo su hermana no la hubiera oído.

–Se trata de una equivocación –gritó Cally–. Le dije que no publicara nada.

–¿A quién?

–A mi hermana Jen, es periodista.

–Vaya, fantástico.

–La llamé para decirle que había conseguido el trabajo que creía haber perdido –explicó Cally a la defensiva–. De la misma manera que ella me llama para contarme cómo le va. Me comentó que escribir un artículo sobre la restauración de los Rénard sería, de alguna forma, como compartirlos con el público. Yo le di la razón, pero le dije que tú no me lo permitirías. Pero... pero la línea se cortó y ella no ha debido de entender lo que le dije.

–Una excusa muy bien pensada.

–¿Me estás llamando mentirosa?

Leon la miró con desdén.

–Lo que digo es que, si crees que se me ha olvidado aquella noche en Londres, eres más tonta de lo que pensaba.

La sangre se le subió a la cabeza.

–¿Qué tiene esto que ver con Londres?

–¿No me digas que lo has olvidado, *chérie*? –preguntó Leon mirándole los labios–. Me dijiste que el motivo por el que querías restaurar los Rénard era para darte a conocer, ¿no es cierto? Después de eso, ¿cómo esperas que me crea que lo del artículo en el periódico ha sido accidental?

–¡Ya te lo he dicho! Jen no debió de entenderme. Deja que la llame para aclarar esto...

–Creo que una sola llamada ya ha causado demasiados problemas, ¿no te parece?

Cally, frustrada, suspiró.

–Y lo siento, pero... –Cally ojeó el artículo y vio que el «secreto» al que el encabezamiento se refería sólo revelaba el hecho de que un coleccionista francés la había contratado para realizar la restauración de los cuadros–. Mira –añadió señalando el texto–, no se te menciona. Sí, que se haya publicado el artículo es un error, pero todo el mundo comete errores de vez en cuando... incluso tú.

–Esto no tiene nada que ver conmigo –Leon hizo una pausa y su tono cambió de repente–. A menos que lo que realmente quieres decirme es que se trata precisamente de mí.

–Por favor, Leon, nada de acertijos.

–Está bien, si quieres que crea que no has hecho esto intencionadamente, que no aceptaste trabajar para mí por conseguir fama, ¿qué es lo que te llevó a aceptar el trabajo? –Leon paseó la mirada por el cuerpo de ella.

–Ya te lo he dicho, me apasionan estos cuadros. Me gustaban desde pequeña –Cally evitó su mirada, consciente de que Leon sólo pretendía humillarla aún más–. ¿Tan difícil de creer te parece?

Cuando alzó los ojos, encontró la intensa mirada de él indicándole que no había lugar donde pudiera esconderse.

–Lo es, porque sé que cada minuto que pasas trabajando con los cuadros pasas treinta pensando en mí.

El terror se apoderó de ella. No sólo porque, por desgracia, Leon tenía razón y lo sabía, sino porque le causaba pavor que lo implícito en las palabras de Leon era verdad. ¿Había aceptado ese trabajo, fundamentalmente, por lo que sentía por él? No, lo había hecho por su carrera profesional, por los Rénard.

–Te equivocas, Leon –contestó ella con un ronco susurro.

–¿Sí? En ese caso, ¿cómo explicas los síntomas? Pupilas dilatadas, respiración entrecortada, no dejas de pasarte la lengua por el labio inferior cada vez que me miras... Para ser una experta en diagnóstico y protección, yo diría que es obvio.

–Yo no necesito protección –replicó ella con decisión, sin notar el brillo travieso que asomó a los ojos de Leon.

–Lo imaginaba.

Pero antes de darle tiempo a asimilar el significado verdadero de las palabras de Leon, éste le colocó un brazo en la espalda y la atrajo hacia sí.

Cally se quedó muy quieta. Quería apartarle de sí, pero no encontraba fuerzas para hacerlo.

–Leon, por favor, no.

Leon la tenía pegada al cuerpo, inmóvil, a excepción del pulgar que le acariciaba la espalda con una intimidad que la hizo querer gritar.

–¿Por qué no, *chérie*, cuando los dos sabemos que es esto lo que quieres?

Cally sacudió la cabeza.

–Porque no quiero.

Tras esas palabras, Leon dejó de acariciarla con el pulgar y la miró con vaga sorpresa.

–¿Acaso no resulta evidente que de tanto desearte he perdido la capacidad de razonar?

–Pero en Londres...

Leon le subió la mano por la espalda y posó los dedos en la nuca.

–Al parecer, los dos fuimos culpables de decir una cosa y pensar otra en Londres.

Cally alzó el rostro y le miró a los ojos. Había hablado con sinceridad. Aunque eso no debería cambiar nada, lo cambiaba todo. Leon la deseaba. Por mucho que hubiera pensado que eso era imposible, por mucho que le costara aceptar desearle con tanto fervor, el deseo la consumía hasta el punto de hacerla dudar de ser la misma Cally de dos semanas atrás. Y aunque sabía que lo más aconsejable era contener sus emociones e ignorarlas, aunque nunca había estado tan asustada en su vida, sobre todo comprendía que jamás sabría lo que significaba vivir a menos que se lo permitiera. Ya.

–Leon, yo...

–¿Quieres que te bese otra vez? –Leon acercó el rostro al de ella, sólo unos milímetros les separaban.

El pequeño gemido que escapó de la garganta de Cally lo dijo todo. Fue inconsciente, automático, y cerró la distancia que les separaba dando paso a un gruñido primitivo.

Aquel beso le recordó el primero y, al mismo tiempo, fue completamente diferente. Leon transformó cada célula de su cuerpo en líquido con cada caricia de su lengua e impuso un ritmo a la pasión compartida, retándola a responderle. El recuerdo del aroma a hombre de él ahora se mezclaba con el olor a mar: salado, húmedo y agonizantemente erótico. Era tan potente que tuvo que agarrarse a los hombros de Leon para que las piernas no se le doblaran. Y, al hacerlo, se movió hacia delante y el tacón de un zapato se le enganchó con algo.

Cally abrió los ojos y descubrió que el tacón se le había enganchado en el bastidor. De repente, recordó dónde estaban y se quedó de piedra.

–¡Los cuadros!

–Olvida los malditos cuadros –respondió Leon, sujetando el cuadro de la mujer vestida sin darle mayor importancia–. Vamos arriba.

La idea de ir al dormitorio real le asustó. Ahí abajo, casi podía olvidar que Leon era un príncipe, que ella no había perdido la cabeza completamente. Se mordió el labio, sin saber si tendría el valor de proponer la alternativa que se le había ocurrido. Pero al mirarle a los ojos, el deseo que vio en ellos la hizo creer que no carecía de nada.

–¿Te importaría... te importaría que nos quedáramos aquí?

La idea de poseerla ahí y en el momento le endureció la erección más de lo que creía posible.

–¿Que si me importa? –Leon no trató de ocultar la ronquera de su voz–. Lo único que me importa es que aún llevas el vestido puesto.

Tras un momentáneo alivio, los nervios volvieron a apoderarse de ella.

–Sí, quizá sea de excesiva etiqueta –susurró ella vacilante mientras sentía la mano de Leon abandonarle la nuca para rodearle un pecho.

Arqueó la espalda instintivamente para animarle a que le acariciara el pezón; sin embargo, Leon le puso las manos en la espalda y le bajó la cremallera del vestido para después deslizarle los tirantes por los brazos.

Fue entonces cuando, con horror, recordó el conjunto de bragas y sujetador verde. Se lo había puesto en un momento de locura juvenil, encantada con la oportunidad de llevar una ropa de lencería tan exquisita y que hacía juego con el vestido. Pero ahora se sentía ridícula. ¿Qué estaría pensando Leon de ella al verla con una ropa interior propia de una cortesana en el Moulin Rouge, y sobre todo teniendo en cuenta que ella no era más que una restauradora de pintura de Cambridge que llevaba diez años sin acostarse con nadie?

Pero cuando Leon le bajó el vestido hasta los tobillos y se apartó ligeramente para mirarla, el placer que vio en sus ojos la hizo sentirse como una mariposa saliendo del capullo. Y le resultó fácil olvidarse de su inseguridad y pensar sólo en lo mucho que Leon parecía desearla, y en lo mucho que ella le deseaba a él.

Cally extendió las manos y, con renovado atrevimiento, fue a sacarle la camiseta de debajo de los pantalones.

—Permíteme —Leon la interrumpió, despojándose rápidamente de su ropa hasta quedar frente a ella con sólo los calzoncillos oscuros.

Entonces, la abrazó con reavivado apetito y ella alcanzó un mayor placer al sentir, por fin, esos dedos en los pezones por encima del encaje del sujetador, y su cuerpo entero tembló.

—¿Tienes frío? —le preguntó Leon sonriendo mientras le pellizcaba un erguido pezón.

—No —Cally sacudió la cabeza—. No tengo frío.

—Estupendo —respondió Leon al tiempo que llevaba

las manos a la espalda de ella para desabrocharle el sujetador.

–¿Y tú? –preguntó Cally.

–¿Yo, qué? –preguntó él distraídamente mientras le besaba la garganta y el hombro.

–Que si tienes frío.

–¿Tú qué crees?

El sujetador cayó al suelo y ella, envalentonada, alargó una mano para tocarle por encima de la sedosa tela oscura.

–Pareces tener bastante calor.

Leon cerró los ojos y lanzó un gruñido mientras ella le bajaba los calzoncillos. Cuando volvió a abrir los párpados, se encontró con los ojos de ella fijos en su cuerpo.

–¿Qué estás pensando? –preguntó Leon.

Cally parpadeó, sorprendida por su propio atrevimiento, por el tamaño de él, por la cicatriz que bajaba hasta ocultarse en la masa de vello oscuro rizado.

–No necesitas que refuerce tu ego –respondió ella nerviosa de nuevo.

–Demuéstramelo –bromeó él encantado.

Cally le miró a los ojos y se olvidó de que no era la clase de mujer que comprendía instintivamente el arte del amor. Despacio, muy despacio, depositó diminutos besos desde el nacimiento de la cicatriz hasta la punta de su erección.

Leon la observó. Los pechos de Cally le acariciaban los muslos cuando le poseyó con la boca. Casi no pudo soportarlo. La hizo incorporarse y la llevó al sofá.

–Quiero estar dentro de ti.

Cally también le quería dentro. Y en ese instante

comprendió que era eso lo que había querido desde el momento de verle por primera vez. Y ahora, después de bajarle las bragas, Leon, sentado en el sofá, la hizo sentarse sobre él a horcajadas y encontró la parte más íntima de ella húmeda, abierta y a su disposición.

Cally se oyó a sí misma gimiendo al sentirle dentro. No de dolor, sino de sorpresa, de placer. Era tan cálido, tan gordo... y se preguntó cómo demonios no había sentido nada parecido antes.

–Ahora te toca a ti –le susurró él acariciándola con su aliento caliente, animándola a que ella impusiera el ritmo.

Cally titubeó al principio, pero pronto comenzó a moverse, despacio, sintiendo el calor que le subía por el cuerpo.

Leon le puso las manos en las nalgas con los ojos fijos en ella.

–Cierra los ojos.

La respiración de ella se aceleró mientras incrementaba el ritmo y Leon le chupaba los pechos. De su garganta escapó un incontrolable grito de placer. La sorpresa del sonido la hizo abrir los ojos y aminoró el ritmo ligeramente.

–Abandónate –le ordenó Leon.

–No, no sé... no puedo...

–Sí, claro que puedes –respondió él con autoridad.

Cally le sintió moverse dentro de ella, profundizar la penetración hasta el punto de hacerla sentir la contracción de sus propios músculos alrededor del duro miembro de Leon, y entonces comenzó a sentir algo distinto, algo aterradoramente poderoso, algo que la asustó. Y le dio miedo perder el control.

–Ahora –le instó él, pero la sintió resistirse–. ¡Vamos, maldita sea, no puedo aguantar más!

Cally sintió el clímax de él sacudirle el cuerpo, vio la tensión en los tendones de su garganta, le sintió derramarse dentro de ella, y...

Fue entonces, al borde de su primer orgasmo, cuando se acordó de que no habían utilizado un preservativo.

Capítulo 7

MEDIO cubierta por la colcha marrón que cubría el sofá, Cally sintió frío instantáneamente. No habían utilizado un preservativo.

Por la ventana, miró el negro mar y luego a Leon, que estaba a su lado reposando con los ojos cerrados. ¿Cómo podían haber sido tan estúpidos? No eran un par de adolescentes, sino adultos. Él era un príncipe, para quien la utilización de un preservativo debía de ser aún más importante que para el resto de los hombres; y ella, normalmente, tenía tanto sentido común que jamás salía de casa sin un paraguas y una caja de tiritas. En ese caso, ¿por qué ninguno a ninguno de los dos se les había ocurrido algo tan fundamental?

Cally abrió la boca para comentar con él su falta de responsabilidad, pero volvió a cerrarla. Protección. Cerró los párpados con fuerza al recordar la conversación que habían tenido hacía un rato. «Yo no necesito protección», le había dicho ella.

Leon debía de haberlo interpretado como que ella tomaba anticonceptivos. Involuntariamente, había hecho creer al hombre más viril que jamás había conocido que ella estaba protegida, y era mentira. Y ahora cabía la posibilidad de que la semilla de Leon estuviera firmemente arraigada en ella.

«No seas ridícula, Cally», se reprochó a sí misma. «A pesar de lo que puedas ver en las películas, las posibilidades de quedarte embarazada por acostarte con un hombre una vez son mínimas. Mira Jen, le llevó más de un año quedarse embarazada de Dylan y Josh. Lo que te pasa es que todo te preocupa y te sientes culpable por haberte comportado de forma imprudente por una vez en tu vida».

Volvió a mirar a Leon, cuyo cuerpo estaba completamente relajado después de haber hecho el amor. ¿De qué serviría decirle que había malinterpretado sus palabras? Probablemente se reiría de ella por estar preocupada. O eso, o pensaría que lo había hecho a propósito porque quería que la dejara embarazada.

Volvió la cabeza y miró los cuadros; después, bajó los ojos al periódico en el suelo. Al instante, se dijo a sí misma que tenía preocupaciones más reales que ese posible embarazo. Preocupaciones menos problemáticas que las que le suponía pensar en por qué nunca hasta ese momento se había dado cuenta de que hacer el amor podía ser tan maravilloso y por qué quería volver a los brazos de él y quedarse allí durante todo el tiempo que Leon se lo permitiera.

Preocupaciones como si todavía conservaba ese trabajo o si corría el peligro de ser despedida.

Horrorizada por esa posibilidad, se levantó del sofá, desnuda, y no notó el modo como las aletas de la nariz de Leon se movían debido a una nueva erección por verla desnuda y, rápidamente, colocarse el vestido sin molestarse en ponerse la ropa interior.

Cally se acercó de puntillas a donde estaba el periódico y lo agarró. Echó un vistazo al artículo y luego dejó el periódico, con ganas de gritarle a Leon por lo poco razonable que se había mostrado al respecto.

Con los párpados pesados, Leon la observó. Cally tenía el cabello revuelto y los ojos tan empañados como la noche de la subasta. Le pareció extraño recordar el momento en que sospechó que Cally era la clase de mujer a la que el corazón le nublaba el entendimiento, cuando la vio vestida para seducir. Pero pronto le resultó evidente que todo había sido una treta, que lo que ella realmente quería era la clase de aventura amorosa sin compromisos a la que estaba acostumbrada. Al fin y al cabo, ¿por qué si no iba a estar tomando la píldora? ¿O por qué se había levantado para vestirse en vez de quedarse abrazada a él como habría hecho cualquier mujer emocional y apasionada?

No le satisfizo tanto como debería. Por el contrario, le hizo preguntarse, irracionalmente, con cuántos hombres había hecho lo mismo que con él para conseguir lo que quería. Sin embargo, no había tenido un orgasmo. Por primera vez en la vida, sintió un momentáneo pánico ante la posibilidad de no ser buen amante, pero rápidamente lo descartó. Cally había estado a punto de alcanzar el clímax, pero lo había evitado a propósito. ¿Para demostrarle que no perdía el control?, se preguntó enfadado, irritado consigo mismo por no haber sido él también capaz de controlarse.

–Lo primero que haré mañana por la mañana es hablar con Jen para hacerle comprender que jamás se debería haber mencionado los cuadros –dijo Cally con voz queda sintiendo los ojos de Leon en la espalda–. Y te doy mi palabra de que jamás, por mi culpa, se volverá a quebrantar tu ley.

Una sombra oscureció el rostro de él al notar el tono de desaprobación de Cally.

–No es mi ley. La familia real de Montéz siempre ha prohibido la interferencia de los medios de comunicación. Y con motivo. Que te sigan como a una estrella de televisión sólo serviría para obstaculizar nuestro trabajo en la isla.

–Pero tu hermano...

–Mi hermano sólo dejó de cumplir con las reglas establecidas cuando conoció a Toria.

Cally arqueó las cejas y le miró a los ojos por primera vez desde que se había levantado del sofá.

–¿Cambió la ley?

–Podría decirse que sí –Leon respiró hondo sin saber por qué sentía la necesidad de dar una explicación–. Toria vino a Montéz un verano a rodar una película barata mientras yo estaba en la Marine Nationale. No tenía talento como actriz, pero era increíblemente atractiva y quería ser famosa. Cuando se enteró de que el príncipe regente prefería mantenerse en el anonimato a ser famoso, le pareció una tontería y decidió ir a por él. Girard era quince años mayor que ella y se encontraba solo, y se sintió halagado.

Leon dibujó algo con la uña de un dedo en el brazo del sofá y, sin alzar la mirada, continuó:

–Cuando volví de visita a casa, Toria le había convencido para que se casara con ella; y cuando llegó el momento de la boda, le había convencido de que era vital para su carrera que los medios de comunicación estuvieran presentes. Lo que no habría sido tan aborrecible si ella hubiera aceptado algún papel después de la cobertura mediática a la que mi hermano había accedido someterse. Le dijo que estaba esperando a que le ofrecieran un buen papel y, entretanto, le obligó a posar para revistas, a aparecer en muestras de cine, a ir a fiestas de famosos... En fin, fue malo para Montéz y Girard estaba cada vez más agotado.

La expresión de Leon se tornó sombría y dura cuando añadió:

—Por fin, todo acabó. Les habían invitado a una entrega de premios en Nueva York el mismo día en que se celebraba una misa de difuntos por la muerte de mi madre. Toria le exigió que la acompañara a Nueva York. Yo le dije que jamás le perdonaría si lo hacía.

—Se fue con ella —dijo Cally recordando la tragedia que había tenido lugar en Estados Unidos.

—No, intentó hacer ambas cosas —Leon apretó los dientes—. Toria se marchó antes que él. Girard asistió a la misa de difuntos y se marchó para reunirse con ella en la ceremonia de entrega de premios... pero se durmió al volante del coche entre el aeropuerto JFK de Nueva York y el auditorio —la pena le empañó los ojos—. Cuando Toria me llamó para darme la noticia, lo único que se le ocurrió preguntar era por qué no había pedido un chófer.

—Lo siento —susurró Cally. Quería decirle que él no tenía la culpa, porque veía en su expresión que se culpaba a sí mismo—. No sabía nada.

—Muy poca gente lo sabía. Después de su muerte, todo el mundo quería entrevistar a la pobre y desolada viuda —Leon lanzó una amarga carcajada—. Fue la mejor actuación de su carrera.

—Así que tú volviste a implantar la ley, ¿no?

—Sí, fue más o menos en esa época.

–¿Y Toria?

–Nunca me ha perdonado privarla de la publicidad aquí en Montéz, por eso decidió volver a Nueva York. De vez en cuando viene por aquí con inútiles amenazas.

–Lo siento –repitió Cally, que ahora comprendía por qué Leon había supuesto que quería utilizar el trabajo que realizara ahí para alcanzar fama y que lo del artículo era intencionado. Miró el periódico que aún tenía en la mano y lo apretó con fuerza–. En serio, Leon, te aseguro que esto no volverá a ocurrir.

Cally no vio los ojos de Leon clavados en su mano ni la mueca de asco de su boca, como si se hubiera dado cuenta de que, involuntariamente, había fraternizado con el enemigo.

–Muy bien –dijo él al tiempo que recogía sus pantalones–. Porque exijo absoluta lealtad de mis amantes.

Cally volvió el rostro, su expresión incrédula.

–¿Tu qué?

–Mi amante –repitió Leon con impaciencia.

Cally se lo quedó mirando horrorizada.

–¿Y cuándo he accedido yo a ser tu amante, si puede saberse?

Leon sacudió la cabeza. Cally debía de estar bromeando. ¿Acaso esperaba que creyera esa patraña de que era honesta y decente?

–Creo que tu forma de comportarte lo ha hecho, ¿no te parece? A menos que quieras convencerme de que ese vestido y esos movimientos forman parte de una nueva técnica de restauración –Leon ladeó la cabeza–. Muy atractivos, por cierto.

El enfado de Cally fue sustituido por dolor y vergüenza.

–No me extraña que no quieras que te entrevisten los medios de comunicación. Eres tan bruto que tu pueblo acabaría dudando de tu sangre real.

–En ese caso, te sugiero que me evites el sermón y me acompañes a cenar algo.

–No tengo hambre.

–¿En serio? ¿No será que se te ha atragantado que yo tuviera razón?

–¿Razón respecto a qué?

–A que has aceptado este trabajo porque querías acostarte conmigo.

Cally enfureció al instante.

–¿Tan desmesurado es tu ego como para no poder aceptar que, después de años de estudiar restauración de pinturas y meses preparándome para restaurar los Rénard, sean los cuadros el motivo?

–Claro que puedo aceptarlo, *chérie*. Todas las mujeres que se abren camino profesionalmente lo hacen con gusto hasta el momento en que consiguen lo que realmente quieren: fama, sexo, lo que sea. Ahora que has conseguido el sexo, deja ya de fingir.

–Que la mujer de tu hermano fuera tan manipuladora y se olvidara de su carrera profesional después de haber conquistado a tu hermano no significa que todas seamos iguales.

Leon arqueó una ceja.

–No baso mis supuestos en ella, sino en ti. Apenas has tocado los cuadros antes de este... ¿cómo llamarlo? ¿Episodio? Y ahora no creo que tu prioridad sea tocar los cuadros.

Cally apartó los ojos de la fija mirada de él, una mirada que parecía recordar el camino que habían recorrido sus manos hacía muy poco. ¿Por qué demonios no se ponía la camiseta?

–Los cuadros son lo más importante para mí, siempre lo han sido. Todo trabajo de restauración requiere un tiempo para acomodarse. Tú me has contratado porque soy la persona más adecuada para realizar este trabajo, no por ser una virgen que se ha perdido por acostarse con un hombre.

–Vaya, Cally, creo que los dos sabemos que, desde luego, eso no eres, ¿verdad? –dijo Leon con voz suave, mirándola con renovado deseo–. Igual que los dos sabemos que el hecho de ser capaz de realizar la restauración de los cuadros sólo es, en parte, el motivo por el que te he contratado.

–¿Qué? –Cally se puso tensa al instante.

Leon agarró la camiseta.

–No finjas sorpresa, Cally. ¿Acaso piensas que te contraté, a pesar de lo indiscreta que fuiste en Londres, sólo por tu capacidad profesional? Te contraté por la misma razón que tú aceptaste el trabajo, porque los dos sabíamos que juntos en la cama sería *incroyable*.

Cally sintió náuseas.

–Te odio.

Durante un segundo, Leon pareció sorprendido. Pero sólo un segundo.

–Y, sin embargo, me deseas –sacudió la cabeza con condescendencia–. Y el deseo siempre se sobrepone a la razón.

–Ya no –respondió Cally, suplicando por que fuera verdad–. Nos atraíamos y nos hemos acostado, pero se acabó –Cally miró a los Rénard con decisión–. Así que te agradecería que me digas si sigo contratada y puedo continuar con mi trabajo...

–¿En serio crees que la atracción que sentimos el uno por el otro es algo que pueda dejar de existir por el simple hecho de habernos acostado una vez? –Leon se acercó hasta ella–. El deseo es como un animal, Cally, una vez que se le da rienda suelta no se le puede volver a atar.

«No puede ser», pensó Cally. Se mordió el labio, su mente, traicioneramente, conjurando imágenes eróticas de Leon atado.

–Siento desilusionarte, pero creo que el animal se ha escapado –declaró ella en voz tan alta que la traicionó.

Leon se echó a reír, una risa que reverberó en el cuerpo de ella.

–¿Insistes en fingir que no sientes nada, *chérie*? Como quieras, continúa con tu trabajo. Te doy una semana, a lo sumo, para que vengas a suplicarme que te posea otra vez; porque si no lo hago, te morirás de deseo –Leon se detuvo al llegar a la puerta y arqueó una ceja–. A menos, por supuesto, que quieras dejar de hacer tanto teatro y vengas a cenar conmigo.

–Como he dicho, no tengo hambre.

–No, claro que no –dijo él burlonamente–. Como tampoco tenías sed en Londres.

Y tras esas palabras, Leon se marchó y cerró la puerta tras sí.

Cally pasó los siguientes días tratando de olvidar lo que había sentido al hacer el amor con Leon Montallier. Trató de convencerse a sí misma de que el deseo que sentía por él no era más que curiosidad. Pero, a pesar de sus esfuerzos, le resultaba imposible no pensar en cómo la había hecho sentirse, en las nuevas sensaciones que jamás había experimentado en sus veintiséis años, hasta ese momento.

Cosa que debía de ser una locura, porque no era virgen. De acuerdo, sólo se había acostado con otro hombre antes que con Leon, pero el sexo era eso, sexo, ¿no? No, pensó Cally, no debía serlo. Lo que había sentido con Leon era lo que se podía leer en un libro, mientras que con David... Bueno, desde el día en que por fin la convenció, nunca había disfrutado realmente. Le había parecido todo demasiado apresurado, incómodo, y siempre la había dejado sintiéndose inadecuada; sobre todo, el día en que encontró el valor para preguntarle si no podían besarse un poco primero porque no estaba segura de sentir lo que se suponía que debía sentir. David le había respondido que no fuera tonta y que, si no le gustaba, era porque carecía del gen apropiado.

En su inocencia, siempre había supuesto que carecía de algo. Ahora comprendía que lo que le había faltado era el compañero sexual adecuado. Desgraciadamente, aunque Leon había cambiado su percepción del sexo, había confirmado sus sospechas de que el Príncipe Azul no existía, sólo en los cuentos de hadas. Por eso era por lo que debía olvidarle y centrarse en los cuadros.

Lo que no era tan fácil; sobre todo, cuando él insistía en verla trabajar, como si la estuviera probando su resistencia y esperando que las fuerzas le fallaran en cualquier momento. Pero poco a poco empezó a avanzar. De hecho, después de haber terminado de limpiar el primer cuadro y empezar con los injertos le pareció que casi había recuperado la capacidad de concentración que tenía normalmente. Casi, porque las pocas ocasiones en las que se había visto completamente absorta en el trabajo la habían llevado a pensar en dos cosas que le sorprendieron.

La primera era que, inexplicablemente y con alguna frecuencia, se le despertaron las ganas de empezar a pintar, hasta el punto de que una tarde se puso a dibujar la extraordinaria vista desde la ventana del estudio en un trozo de lienzo. No sabía por qué, ya que no pintaba desde la ruptura con David y ahora tenía mucho trabajo, pero algo la impulsaba a hacerlo.

La segunda era Leon, pero no en el sentido sexual, como le ocurría cada vez que cerraba los ojos. No, recordaba la conversación sobre lo ocurrido a Gérard. No podía evitar reflexionar sobre lo significativo que era que Leon, un hombre tan reservado, le hubiera hablado de algo tan íntimo respecto a su familia.

Cally parpadeó al oír la puerta y sintió un escalofrío en la espalda.

—Estoy haciendo algo bastante complicado. ¿Te importaría no quedarte hoy aquí a ver cómo trabajo? —preguntó ella sin darse la vuelta.

—¿Quieres decir que podría distraerte? —inquirió él en tono burlón.

—No tú en particular, cualquiera —mintió Cally.

—Como quieras. Aunque sólo había venido para decirte que Kaliq y su prometida van a cenar con nosotros esta noche, así que tendrás que estar lista para las ocho.

Cally empalideció.

—Esta tarde quería empezar a trabajar en el desnudo. Ya casi he terminado éste.

Los dos miraron el primer cuadro, ambos sorprendidos de que el trabajo de restauración estuviera casi acabado. La diferencia era extraordinaria.

–En ese caso, parece el momento perfecto para un descanso, ¿no?

–Sea como sea, preferiría no cenar con vosotros.

–Es una suerte que no tengas opción, ¿no te parece?

Cally le miró furiosa.

–Ya que rechacé la generosa oferta de convertirme en tu amante, me gustaría creer que es asunto mío cuándo y con quién ceno.

–No, si su tu trabajo lo requiere. Y, para tu información, se requiere tu presencia en la cena en virtud de tu trabajo.

–¿En serio? Ya que mi trabajo implica exclusivamente la restauración y conservación de pinturas, ¿debo suponer que el jeque va a traer un cuadro para que yo lo examine entre plato y plato?

–Kaliq no comparte mi pasión por el arte –gruñó él.

–En ese caso, ¿cómo es posible que se requiera mi presencia en virtud de mi trabajo?

–Se trata de una cena de negocios y placer simultáneamente.

–¿Por qué me necesitas, teniendo en cuenta que tú eres un experto en combinar las dos cosas?

Una sombra cruzó la expresión de Leon.

–Kaliq y yo tenemos que hablar de negocios, pero también quiero celebrar la adquisición de mis cuadros.

–Como se celebra la compra de un Ferrari o de un ático en Dubai –dijo ella sarcásticamente.

–Para que lo sepas, no te lo estoy pidiendo. Soy tu jefe y requiero tu presencia en la cena como parte de tu trabajo. Y como lo único que te estoy pidiendo es que asistas a una buena cena en compañía de gente agradable, no logro comprender tus objeciones. A menos, por supuesto, que te preocupe no conseguir controlar el deseo que sientes por mí cuando me veas en traje de etiqueta.

—¡Qué arrogante!

—¿Crees que lograrás controlarte?

—¡No siento ningún deseo por ti!

—En ese caso, no hay problema, ¿verdad? Hasta las ocho. Ah, y ponte el vestido verde, ¿de acuerdo?

—Ni loca.

—¿Por qué, demasiados recuerdos? —Leon arqueó las cejas, retándola a refutarle.

Cally se lo quedó mirando, muda y furiosa.

—Bien. Hasta las ocho entonces.

Capítulo 8

AGUANTANDO las ganas de ir a su habitación para ver por qué demonios no había bajado todavía, Leon se paseó por la antesala del palacio y dirigió sus pensamientos a sus invitados, a quienes Boyet había ido a recoger.

Después de años tratando de convencer a su antiguo amigo para que invitara a una mujer a visitarle a Montéz, casi no podía creer que aquella noche Kaliq fuera a ir acompañado de su futura esposa.

Leon sacudió la cabeza. A pesar de que, en el país de Kaliq, la ley exigía estar casado para heredar el trono, nunca había creído que el frío y cínico jeque sentara la cabeza. De hecho, la primera vez que oyó rumores sobre el compromiso matrimonial de Kaliq, no los creyó. Pero cuando Boyet confirmó dichos rumores, supuso que la mala salud del padre de Kaliq había forzado a éste a buscarse una dócil esposa. Enterarse de que su amigo había elegido una modelo británica le había sorprendido y preocupado por igual. Aunque, después de pensarlo bien, no era necesario preocuparse por Kaliq ya que, al contrario que Girard, su amigo sabía juzgar a las personas y nunca se casaría con una mujer de la que dudara que sería la reina perfecta y la mejor madre para sus hijos.

Leon dejó de pasearse y se preguntó si la presión que sentía en el pecho era por él mismo y por Montéz. Sin duda, Kaliq tendría un heredero antes de que pasara mucho tiempo. Respiró profundamente, preguntándose durante cuánto tiempo podría seguir ignorando su deber, un deber que nunca debería haber asumido. ¿Qué ocurriría si Toria decidía tener un hijo? No, Toria no tenía madera de madre, no podía ser. Sólo se le ocurría pensar esas cosas porque llevaba tres días loco pensando en la versión pelirroja de su cuñada.

Cally.

Sin embargo, la razón le decía que Toria y Cally no podían ser más distintas. Toria se había ofrecido a él en innumerables ocasiones desde la muerte de Girard, pero esa mujer le resultaba tan atractiva como verse atrapado por la telaraña de una viuda negra. Por el contrario, Cally...

–El jeque A'Zam y la señorita Weston han llegado, Alteza –anunció Boyet acercándosele.

–Gracias. Justo a tiempo.

Era una pena no poder decir lo mismo respecto a Cally, pensó Leon furioso.

Cally contempló el vestido verde jade colgado en el armario. Leon la había arrinconado. Si no iba a la cena, no sólo desaprovecharía la oportunidad de mostrar su trabajo, también se arriesgaría a que Leon dedujera que era porque le encontraba irresistible. El dilema con el vestido era igual. Si se ponía otra prenda, Leon se daría cuenta de lo que ese vestido significaba para ella. Si se lo ponía, era como aceptar ser su amante.

Consciente de que no se había dado mucho tiempo para arreglarse, ya que había salido del estudio a las siete y media, se miró el reloj. Las siete y cincuenta y cinco minutos. Trató de contener la angustia que sentía en las contadas ocasiones en las que hacía esperar a alguien. Pero... ¿y qué si Leon se molestaba? Al fin y al cabo, había estado trabajando para acabar la restauración del primer cuadro con el fin de que los invitados pudieran verlo.

Pero sería terrible hacerles esperar, pensó Cally agarrando apresuradamente el vestido. Además, la cena era por los cuadros. Y no debía olvidarlo.

–Ah, Cally –Leon se volvió mientras ella descendía las escaleras y la miró con una expresión burlona–, ya veo que has decidido reunirte con nosotros.

–No sabía que tuviera elección –susurró Cally apretando los dientes antes de volver el rostro y sonreír a los invitados, contenta de tener una disculpa para desviar la mirada de un Leon irresistible con el traje de etiqueta.

–Permíteme que te presente a Su Alteza Real, el jeque Al-Zahir A'zam, y a su prometida, la señorita Tamara Weston. Kaliq, Tamara, os presento a Cally Greenway.

–Encantada de conocerles –dijo Cally con sinceridad mientras les estrechaba la mano. El jeque era tan digno como había imaginado y Tamara, con ese vestido color coral, era una mujer deslumbrante.

–¿Vive usted en Montéz? –le preguntó Tamara en tono amistoso mientras se sentaban a la mesa en el comedor.

–No, estoy aquí, en la isla, trabajando temporalmente...

–Cally está residiendo aquí, en el palacio –interrumpió Leon–. Uno de sus muchos talentos consiste en restaurar pinturas. Está restaurando los cuadros que compré en Londres, los Rénard, *Mon amour par la mer* –explicó mirando a Kaliq.

Cally le clavó los ojos, tan sorprendida de que la hubiera interrumpido que no notó la significativa mirada que acompañó a la respuesta de Kaliq:

–Te felicito, Leon. Debes de estar contento.

–Parece fascinante. Me encantaría verlos –interpuso Tamara, demasiado educada para dejar ver que no se le había pasado por alto la grosería de Leon.

–Y yo estaría encantada de enseñárselos –respondió Cally, antes de que Leon se lanzara a bombardear a Tamara con preguntas sobre su estancia en la isla y de abrir el champán para celebrar el compromiso matrimonial.

¿Y quién podía reprochárselo?, pensó Cally mientras un ejército de camareros apareció con bandejas de comida. Aunque Leon hablaba respetuosamente con Tamara, sin duda le había cautivado la belleza de esa mujer, como a cualquier hombre.

«Tanto como a ti su belleza», se dijo Cally a sí misma en silencio, incapaz de dejar de mirarle a los labios ni de contener los celos.

–Debe usted de estar acostumbrada a ir sola de visita al extranjero, ¿no? –preguntó Cally intentando participar en la conversación después de que Tamara mencionara que ese día había visitado la universidad mientras Kaliq trabajaba.

Tamara asintió.

–Cuando estoy de viaje por motivos de trabajo, no dispongo de mucho tiempo para hacer turismo. Pero no me importa viajar sola.

–Pero puede ser peligroso –intervino Kaliq–. Naturalmente, una vez que estemos casados, Tamara dejará el trabajo y yo dejaré de preocuparme, como me ocurre cuando está fuera.

Cally notó la expresión triunfal de Leon. Bien podía imaginarle pensando que el comentario de su amigo corroboraba su idea de que las mujeres sólo trabajaban hasta asegurarse el puesto de amante o esposa. Pero Leon estaba equivocado. Cierto que ella acababa de conocer a la pareja, pero resultaba evidente que lo que el príncipe del desierto había dicho se debía a que quería tanto a Tamara que no podía soportar la idea de que corriera ningún riesgo. Por otra parte, sólo con mirar a Tamara uno podía darse cuenta de que ella jamás permitiría que su futuro marido le impidiera trabajar de no ser eso lo que ella misma quería.

La conversación se desvió hacia la boda de los invitados. Más tarde, escuchó a Leon referir sus planes respecto a la universidad. Leon también habló de un recorte de impuestos y de reforzar los lazos entre Montéz y Qwasir, y a ella le resultó más y más difícil despreciarle. Desde el principio había creído que, al igual que David y el resto de su adinerada familia, el regente de Montéz era un esnob cuyo único interés era él mismo. Sin embargo, resultaba innegable que Leon se preocupaba por sus súbditos y que, descontando el palacio y los cuadros, parecía bastante parco para ser un multimillonario. Aparte de una mujer de la limpieza y de los ca-

mareros contratados para servir la cena aquella noche,
el único empleado que parecía tener era Boyet. Por otra
parte, sus entretenimientos, como bucear, eran igualmente sencillos. Por lo tanto, ¿cómo podía odiarle
cuando los motivos para hacerlo disminuían segundo
tras segundo?

«Porque la razón principal sigue siendo que sólo te
quiere para que le calientes la cama. Y si te dejas vencer
por el deseo, ¿qué revela eso de ti? Que no tienes amor
propio. O también que te engañas a ti misma hasta el
punto de empezar a creer otra vez en los cuentos de hadas».

En cualquier caso, Cally sabía que entregarse a su
pasión sólo sería el principio del fin, lo que no se lo ponía más fácil.

–Gracias, Leon, la cena estaba deliciosa –dijo Tamara.

Al oír hablar a Tamara, Cally salió de su ensimisma-
miento.

–Espero que logres convencer a Kaliq para que no
deje pasar tanto tiempo entre sus visitas a Montéz de
aquí en adelante –comentó Leon, mirando a Tamara.

Tamara asintió.

–Siempre y cuando tú prometas hacernos una visita
en Qwasir lo antes posible; de esa manera, no nos que-
dará más remedio que devolverte el favor –añadió Kaliq.

–Una idea excelente –respondió Leon, pero mirando
a Cally con deseo. Un deseo que se incrementó al imaginar hacerla el amor–. Y ahora os ruego que me dis-
culpéis, pero no sé por qué esta noche me encuentro
agotado.

¿Leon agotado? No sabía a qué estaba jugando, pero sí sabía que eso era imposible. Le había visto volver del continente donde había pasado catorce horas de negociaciones y, nada más llegar a la isla, tirarse directamente al mar.

–Quizá, antes de marcharse, al jeque A'zam y a Tamara les gustaría ver los cuadros.

–Eso les servirá de incentivo para repetir la visita –Leon sonrió apretando los dientes.

–Pero...

Por encima del hombro de ella, Leon hizo una señal a Boyet para que llevara el coche a la puerta del palacio; después, sacudió la cabeza.

–No es necesario, Cally, gracias.

Cally apenas podía contener la furia mientras los cuatro se despedían. Leon bajó la escalinata con Kaliq y Tamara y les deseó suerte con los planes de la boda.

Cuando volvió, ella le estaba esperando en lo alto de las escaleras con las manos en jarras.

–Vaya, por fin has dejado de fingir que mi presencia en la cena no tenía nada que ver con mi trabajo. De todos modos, lo mínimo que podías haber hecho era dejarme que enseñara los Rénard a tus invitados. Pero claro, eso sería pedir demasiado. Además, prácticamente les has echado y ni siquiera son las once de la noche. No puedo creer que seas tan grosero.

–En otra ocasión. Y no es una grosería cuando está tan claro que lo único que quiere una pareja es quedarse a solas.

Cally lo comprendió de repente, obligada a reconocer la perspicacia de Leon.

–Sí, tienes razón, parecen muy enamorados.

Leon la miró directamente a los ojos.

–No me estaba refiriendo a ellos.

Cally enrojeció y apartó los ojos de los de él.

–En ese caso, además de ser un maleducado, has malinterpretado la situación.

–¿En serio?

Leon dio un paso hacia delante y ella cerró los ojos para no verle. Pero podía sentirle, olerle...

–¡Sí, lo interpretas todo mal! ¡Y la cara que has puesto cuando Kaliq dijo que Tamara iba a dejar su trabajo! Piensas que demuestra tu trasnochada teoría de que las mujeres utilizan su carrera profesional para conquistar a los hombres y que dejan de trabajar una vez conseguido el objetivo; es una estupidez. Kaliq sólo quiere evitar que a Tamara le pase algo, eso es todo.

–¿Así que ahora crees que conoces a mi íntimo amigo mejor que yo?

–Y tú, ¿no crees que es posible que dos personas que trabajan se enamoren y se casen? –gritó Cally, preguntándose si la pregunta iba dirigida a Leon o a sí misma.

Leon apretó los dientes. Otra vez el matrimonio. Una palabra que Cally, supuestamente, detestaba tanto como él. Supuestamente.

–¿Quieres que diga que sí para que así puedas soñar, *chérie*?

Cally, exasperada, lanzó un suspiro.

–¿No te preocupa acabar tu vida solo?

La expresión de él enfureció.

–No, no me preocupa en absoluto.

–Sí, te creo.

Cally respiró profundamente y, al alzar los ojos hacia ese extraordinario rostro, reconoció que su orgullo era un sacrificio inevitable. Había perdido las ganas de luchar, las había perdido en el sofá del estudio.

Y en un susurro, dijo:

–Lo sé, y yo creía que a mí tampoco me preocupaba. Pero esta noche no quiero estar sola.

Capítulo 9

ERA DEMASIADO pedirle a Leon admitir que, aunque solamente fuera por una noche, él tampoco quería estar solo. Pero, aunque Cally era consciente de que conocía poco al sexo opuesto, tenía la impresión de que la expresión de él lo decía todo. De hecho, si no se equivocaba por completo, habría jurado que había tocado el punto débil de Leon.

Pero cuando Leon le pasó una mano por la cadera y luego la levantó en sus brazos, lo único que sabía era que le deseaba con locura y, de repente, era lo único que le importaba.

—Esta vez lo vamos a hacer como es debido —dijo Leon con voz ronca mientras cruzaba el vestíbulo de palacio y se dirigía a la escalera de caracol.

La escalera que conducía a la habitación de él. Allí, al contrario que en el estudio, no podía imaginar que Leon era un hombre normal, un buzo. Leon era el príncipe soberano y aquél era su palacio. En vez de sentirse intimidada, como podía haber ocurrido al entrar en la habitación con vidrieras y una cama de dosel, se sintió liberada. Incluso aliviada.

—Llevaba toda la noche con ganas de hacer esto —murmuró Leon bajando la cabeza y soltándola lo justo para que ella pudiera depositar los pies en la alfombra azul y dorada.

Siguió abrazándola, apretándola contra su cuerpo.

—¿Toda la noche? —susurró ella junto a los labios de Leon en forma tan seductora y provocativa que llegó a preguntarse si no habría sido poseída por el espíritu de otra mujer, una mujer con valor, una mujer segura de sí misma, incluso sensual.

Y entonces Cally se dio cuenta de que, sin ser consciente de ello, cada vez que Leon la tocaba, ella se transformaba en esa mujer, una mujer desconocida, la mujer que siempre había querido ser.

—¿Tú qué crees? —preguntó Leon con voz entrecortada antes de besarla con pasión al tiempo que le ponía las manos en las nalgas para después subirle el vestido y acariciarle los muslos.

Cally le devolvió el beso con el mismo deseo. Entonces, le puso las manos en la espalda y tiró de la chaqueta hasta quitársela y dejarla caer al suelo.

Leon se apartó de ella un momento y, arqueando las cejas, se la quedó mirando igual que el primer día que entró en el estudio con las dos perneras del pantalón vaquero cortadas.

—La verdad es que nunca he conocido a una mujer a quien le importa tan poco la ropa de diseño.

—¿Tan malo te parece?

—No, todo lo contrario —respondió él con voz ronca—. En este momento, me parece estupendo.

Y antes de que Cally se diera cuenta de lo que ocurría, Leon tiró del escote del vestido y desgarró la prenda, dejándola caer también al suelo y a ella ahí de pie con sólo su propia ropa interior: un sencillo juego de bragas y sujetador negro.

Leon la miró con expresión interrogante.

–No es la ropa interior que elegí para ti.

–No, no lo es –contestó ella en tono desafiante–. ¿Algún problema?

–Eso depende –Leon dio un paso atrás, comiéndosela con la mirada.

–¿De qué?

–De lo buena que sea la fiesta –replicó Leon con voz enronquecida.

Leon extendió un brazo y ella se dio cuenta de que el paso atrás le había llevado al alcance del estéreo.

Las piernas casi se le doblaron al oír el lento y conocido ritmo que comenzó a invadir la estancia.

Mississippi in the middle of a dry spell...

No era una coincidencia, era su canción. No, eso era demasiado sentimental. Era la canción que habían tocado aquella noche en el bar de Londres. Pero... ¿qué hacía en el estéreo de Leon, en su habitación, si no significaba nada para él?

–No me digas que tú y Kaliq solíais ir a bares de rock y que hay uno aquí en Montéz llamado *La Route à...*

–*La route à nulle part* –dijo él pronunciando despacio la traducción francesa de *Road to nowhere*–. No tanto como eso, pero no sé por qué tengo metida en la cabeza esa maldita canción y tenía que volverla a oír.

–¿Y? –preguntó Cally, tratando de no temblar mientras comenzaba a moverse al ritmo de la música.

A Leon se le secó la garganta mientras la miraba.

–¿Y qué?

–¿Que si te ayudó a quitártela de la cabeza?

–No.

A Cally le dio un vuelco el corazón. Quería conservar esa sensación, la vulnerabilidad que había advertido en la voz de él al pronunciar esa sencilla palabra de una sílaba.

—Es una canción maravillosa —susurró ella.

—Sí, maravillosa —Leon asintió mientras Cally, con atrevimiento, se bajó un tirante del sujetador.

—¿Te han dicho alguna vez...? —Leon se interrumpió para aclararse la garganta–. ¿Te han dicho alguna vez que eres increíblemente sensual?

—Sí, una vez —Cally sonrió recordando el cálido aliento de Leon en su oído mientras bailaban en el bar de Londres.

Pero esa noche incluso se lo creyó. Hasta el punto de encontrar el valor para desnudarse delante de él en la suite real del palacio.

—En ese caso, creo que necesitas oírlo más. Porque eres la mujer más sensual que he conocido en mi vida.

«Y he conocido a muchas», pareció querer decir Leon implícitamente. Pero a ella no le importó porque esa noche le parecía que sólo existían dos personas en el mundo.

—Dime, ¿te gustaría que hiciera esto? –preguntó Cally con inocencia enganchando los pulgares en la cinturilla de las bragas.

—Mmmmm.

—¿O esto? —Cally subió las manos por los costados y se las llevó a la espalda, al cierre del sujetador, bajo la ardiente mirada de él.

—He cambiado de idea —dijo Leon con voz seca.

Por un momento, Cally se quedó helada, temiendo que fuera a repetirse la escena del taxi. Pero su miedo se desvaneció cuando Leon, rápidamente, cerró la distancia que les separaba.

—Estoy harto de esperar —añadió él.

Y sin vacilar, Leon le desabrochó el sujetador y lo tiró al suelo, junto al despojo del vestido. Al sujetador siguieron las bragas.

—Perfecto —dijo él colocándole las manos en los pechos.

—¡No tan perfecto! —gritó ella casi sin respiración.

—¿No? —le murmuró Leon besándole la garganta y bajando el rostro hasta que sus labios quedaron a escasos milímetros de un pezón.

—¡No! Te quiero desnudo, igual que yo.

Cally se puso a desabrocharle los botones de la camisa.

—¿A qué viene tanto cuidado y esmero, *chérie*? —le espetó él bromeando.

Cally se echó hacia atrás y, al comprender el significado de la pregunta, sacudió la cabeza encantada. Pero justo en el momento en que clavó los ojos en la camisa y se preguntó cómo, las manos de Leon cubrieron las suyas y abrieron la camisa de un tirón, haciendo que los botones salieran disparados.

Pronto, Leon se encontró con el torso desnudo frente a ella, un torso bañado en dorada gloria.

Seguidamente, Leon volvió a estrecharla contra sí, aplastando los senos de ella con su duro pecho. Al instante, Leon se despojó de los pantalones y la única barrera que les separaba ahora eran unos calzoncillos que no disimulaban la excitación del miembro.

Pero Cally se había equivocado al suponer que aquella ardiente pasión iba a conducir al frenesí de tres noches antes. En el momento en que Leon la condujo a la cama y la hizo tumbarse con cuidado, comprendió que, cuando Leon le había dicho que iban a hacer aquello como era debido, no se refería sólo a que se acostarían en una cama. No, la expresión de él le dijo que tenía la intención de explorar su cuerpo como si se tratara de la primera vez.

Y en cierto modo lo fue, pensó ella mientras Leon le acariciaba los pezones con la lengua. Porque era, realmente, la primera vez que se entregaba a ese placer. Era como si, hasta ese momento, su mente hubiera sido un espacio desolado en el que sólo había cabida para los miedos; sin embargo, ahora, se trataba de un lugar fecundo, un jardín tropical con sólo espacio para él. Él, la parte de ella que, sin saberlo, le había faltado siempre, la parte que necesitaba para sentirse completa.

–¡Leon! –Cally echó la cabeza hacia atrás cuando los dedos de él descendieron y la penetraron.

Cally apretó los párpados, dejándose llevar por la sensación producida por la íntima caricia, y extendió el brazo para pasar la mano por el suave miembro, guiándolo hacia ella. Tan duro, tan viril...

De repente, abrió los ojos.

–¿Qué pasa? –preguntó Leon asustado, temeroso de que a Cally se echara atrás en ese momento.

–Yo... necesitamos protegernos.

Leon frunció el ceño.

–Creía que estabas tomando la píldora.

Cally miró al techo, evitando los ojos de él.

–Sí... la estaba tomando, pero... pero como no esperaba estar tanto tiempo aquí... se me han acabado.

Leon encogió los hombros.

–No hay problema.

Cuando él, desde la cama, se acercó a la mesilla de

noche para abrir el cajón, Cally sintió vergüenza de sí misma, tanto por haber mentido como por haber traicionado la confianza que Leon demostraba tener en ella al no poner en duda sus palabras.

Pero al sentir el calor de los muslos de Leon separándole los suyos, volvió al paraíso tropical y su vergüenza se evaporó.

Cally le acarició la espalda con las yemas de los dedos y luego los hundió en los espesos cabellos de él, enloqueciendo cuando Leon la penetró. No supo cuánto tiempo Leon se movió dentro de ella lentamente, encima de ella, decidido a que ambos saborearan el momento. Podía verle los músculos de la mandíbula mientras luchaba por controlar su excitación, y eso la enterneció.

–¿Quieres cambiar de postura? –preguntó ella, fingiendo no haberse dado cuenta de que él quería acelerar el ritmo.

–No –respondió Leon con voz gutural–. Esta vez, te va a pasar y quiero verte cuando ocurra.

En el pasado, Cally se habría ruborizado, se habría puesto tensa y había pensado que era imposible. Pero esa noche no.

–Entonces... más rápido –susurró ella.

Los ojos de Leon brillaron de placer e hizo lo que se le mandaba.

–Dime qué más quieres.

–A ti –respondió ella sin pensar–. Por todo el cuerpo.

Al descubrir que la única parte de sus cuerpos que no estaba en contacto eran las manos, Leon entrelazó los dedos con los de ella y fue entonces cuando Cally perdió el control. Debido a la ternura del gesto, se entregó al creciente deseo que se le antojó casi dolor, se entregó a cada exquisito empellón como si cabalgara las crestas de unas olas.

Un grito de placer escapó de sus labios. Entonces, sintió crecer el miembro que tenía dentro, espesar, moverse con más rapidez.

–¡Dios mío!

Cally se estrelló imaginariamente contra un rompeolas, su cuerpo entero inundado por un exquisito e increíble calor. Y mientras la marea bajaba, oyó gritar a Leon al alcanzar el máximo del placer justo unos segundos después que ella.

Se dio cuenta de que Leon había estado aguantando porque quería que ella tuviera un orgasmo primero. Y en ese momento, en los brazos de él, quiso creer que Leon se había propuesto que conociera ese placer, un placer que nunca había creído poder llegar a conocer. Y ocurriera lo que ocurriese, siempre se lo agradecería.

–Gracias –susurró Cally moviéndose hasta quedar tumbada al lado de Leon, con los brazos en el duro torso de él.

–De nada –Leon sonrió–. Me alegro de haberte convencido de que te dejaras llevar.

–Ha sido el primero.

Leon, perplejo, parpadeó. Y al ver el sonrojo de las mejillas de ella y cierta expresión de sorpresa en sus ojos verdes, sintió una sensación de triunfo acompañada de algo desagradable, pero sin saber qué era. Pero decidido a pensar con lógica, supuso que la razón por la que Cally no había tenido un orgasmo hasta ese momento era por estar acostumbrada a acostarse con tipos que no conocía y sólo por una noche, sexo casual.

–A veces lleva tiempo acoplarse sexualmente a alguien –dijo Leon, demasiado paternalista en opinión de ella.

–Si dices eso porque supones que mi experiencia sexual consiste en acostarme con los hombres sólo por una noche, estás muy equivocado –replicó ella enfadada.

Cally se separó de él y se cubrió el cuerpo con la sábana. Leon estaba llevando la conversación por un camino que ella no quería seguir; sin embargo, no soportaba que Leon tuviera esa opinión de ella.

–En ese caso, ¿quieres contarme por qué?

–Me parece que no.

–Cally, no estoy chapado a la antigua. Las mujeres con las que me acuesto han tenido otros amantes, yo no soy el primero en sus vidas. Es algo que me da completamente igual –al menos, eso era lo que le ocurría normalmente.

–En ese caso, me temo que mi currículum, en lo que al sexo se refiere, no te va a impresionar –dijo Cally con voz queda–. A parte de ahora contigo, sólo me había acostado con uno.

Atónito, Leon agrandó los ojos. Después, la cegadora satisfacción que le habían producido las palabras de ella, dio paso a algo mucho menos agradable: remordimiento. Ahora comprendía la ropa sencilla con la que la había visto aquella primera vez, el día de la presentación de la subasta, y también, ahora, su ropa interior sencilla... Cally no era una vampiresa con experiencia que se había propuesto seducirle, sino alguien... inocente. Y se sintió culpable por haberla juzgado tan mal.

–¿Quién era él? –Leon se apoyó en un codo y la miró–. ¿Tu novio? ¿Tu marido?

Cally sacudió la cabeza.

–No. David jamás se arriesgó a llegar a tanto conmigo.

–Pero tú esperabas que lo hiciera, ¿no?

Con desgana, Cally asintió.

–Pero desde el principio debería haberme dado cuenta de que no era digna de él –respondió ella con cinismo.

–¿Qué quieres decir?

–David era hijo de un conde. Yo trabajaba de vez en cuando en la propiedad de su padre. No sé por qué me empeñé en no darle importancia a que éramos de clases sociales diferentes. Supongo que por mis padres –Cally lanzó una amarga carcajada–. Mis padres siempre nos dijeron a mi hermana y a mí que no había barreras entre las clases sociales, pero estaban equivocados.

Cally se interrumpió y sacudió la cabeza antes de continuar:

–Para él, yo no fui más que una empleada con quien él, por ser el señor, tenía derecho a acostarse. Le permití acostarse conmigo porque me dijo que me quería, pero lo peor fue que le dejé que me convenciera de que dejara los estudios universitarios porque, según él, de esa manera sería mejor pintora. Me mintió. Una de las otras chicas que trabajaban allí me advirtió que David era tan misógino como su padre y que no soportaba la idea de que las mujeres de la clase baja realizaran estudios superiores, pero yo pensé que decía eso porque estaba celosa. Sin embargo, cuando dejé la universidad y me presenté en casa de David, me enteré de que estaba prometido con una rica heredera y que no se había molestado en decírmelo.

Cally alzó los ojos y al ver, por la expresión de los de él, que corría el peligro de que Leon sintiera pena por ella, se apresuró a añadir:

–Dime, ¿siempre les haces preguntas a las mujeres con las que te acuestas sobre sus amantes?

–Sólo cuando me dicen que soy el primer hombre con el que han tenido un orgasmo –contestó Leon.

–¿Por tu ego?

–Porque es una pena, Cally. El sexo fantástico es igual que... el arte.

–¿Quieres decir que todo el mundo debería disfrutarlo, igual que exhibiendo un cuadro en una galería abierta al público?

–*Touché* –Leon arqueó una ceja–. No, quiero decir que cuanto más se aprende más se disfruta.

–Era muy joven cuando pensé que quería casarme con David –añadió Cally rápidamente–. Naturalmente, estaba muy disgustada cuando ocurrió, pero pronto me di cuenta de que no era el matrimonio lo que quería.

Leon la miró con cierto escepticismo.

–Y, sin embargo, a mí me has dicho que tampoco quieres ser una amante. Una receta para una vida muy fría, Cally –Leon le pasó una mano por el brazo–. Y no te molestes en seguir fingiendo ser una persona fría, Cally, porque los dos sabemos que no eres así.

Cally se había resignado a que su vida iba a ser fría, pero sólo ahora era consciente de lo triste que parecía. Pero eso se debía a que no había conocido hasta ese momento semejante pasión, una pasión contra la que no podía luchar a pesar de que no iba a llevarla a ninguna parte.

Cally sacudió la cabeza.

–No, no voy a fingir que soy fría, pero tampoco quiero rebajarme y pasar de ser restauradora de arte a amante.

–Supongo que has querido decir ascender, no rebajarte.

–No, he querido decir lo que he dicho. Estoy orgullosa del trabajo que hago y de ganarme la vida por mí misma, por difícil que te resulte entenderlo. No quiero dejarlo todo para estar a tu disposición y que me ordenes cómo tengo que vestirme y cuándo.

–Entonces, ¿qué es lo que quieres?

–Lo que quiero es seguir trabajando aquí... y quiero esto también. Pero tenemos que separar el sexo del trabajo. Debemos considerar el sexo como un placer que nos damos mutuamente porque se nos ha presentado esa oportunidad; es decir, mientras yo esté aquí.

–¿Igual que cuando yo me tiro al mar porque está ahí fuera, a las puertas de mi casa? –inquirió Leon.

–Exacto.

–De acuerdo –respondió Leon tras haber oído la respuesta que quería oír–. En ese caso, trabajarás durante el día y te acostarás conmigo por las noches –Leon agarró el reloj que había dejado en la mesilla de noche y lo miró–. Y si no me equivoco, eso nos deja otras ocho horas y media.

Y tras esas palabras, echó la sábana hacia un lado y rodeó a Cally con sus brazos.

Capítulo 10

TRAS el abandono físico de aquella noche y durante las semanas que siguieron, Cally se sintió otra. Era como si su vida, hasta ese momento, hubiera sido algo anodino; sin embargo, ahora estaba llena de vivos colores.

Tan radiante y cristalina como el paraíso en las profundices de las agua sobre las que flotaban en ese momento, pensó Cally tumbada en la cubierta del barco de Leon después de pasar una hora nadando.

A pesar de que ella había insistido en trabajar durante el día y sólo compartir la cama con él por las noches, Leon solía salir del palacio por las mañanas temprano y volvía al mediodía, y como ella seguía un horario similar, solían pasar las tardes juntos.

Hacían el amor, a veces en el estudio, otras en la habitación de él, e incluso lo habían hecho en la terraza. Sin embargo, Leon le había demostrado, para su sorpresa, que no quería tener una relación con ella exclusivamente sexual. La había llevado al monte para enseñarle la sorprendente zona donde Kaliq había construido su casa de campo, también la había llevado en coche por la carretera de la costa con sus magníficos acantilados, le había enseñado el mercado del puerto, la plaza mayor y su iglesia medieval, y el mar.

Montéz le había arrebatado el corazón, pensó Cally, tratando de ignorar una voz interior que le decía: «No es lo único que te lo ha arrebatado». Pero aunque casi podía creer que la belleza natural de la isla era lo que la inspiraba a pintar cuando disponía de tiempo libre, no podía negar que el hecho de haberse liberado sexualmente era lo que le permitía concentrarse en su trabajo de restauración. De hecho, había avanzado tanto en tres semanas que sólo necesitaría unos días más para acabar el trabajo.

Pero no había sido hasta esa mañana, al ver un mensaje en su móvil y escucharlo, que se había enfrentado realmente a los hechos y se había dado cuenta de que debía empezar a pensar en lo que iba a hacer en adelante, y no sólo profesionalmente, sino también en lo que se refería a su relación con Leon, por mucho que le costara.

Pero lo primero era su trabajo, pensó tratando de convencerse a sí misma de ello. En ese caso, ¿por qué no había respondido al mensaje, que debería haberla llenado de felicidad?

–¿Sabes una cosa? Creo que no voy a tardar mucho en terminar los cuadros –dijo Cally, esforzándose por utilizar un tono jovial.

Las palabras de Cally interrumpieron los pensamientos de Leon. Pensamientos centrados en darse la vuelta y quitarle la parte de arriba del biquini, cuya tela se estaba secando con la fresca brisa y le permitía ver esos erguidos pezones suplicándole que se los metiera en la boca. Pero, en realidad, no habían sido las palabras lo que habían hecho que la imagen se desvaneciera, sino el tono. Un tono que le resultaba extraño en Cally, que ella no había utilizado hasta ese momento. Sin embargo, desde la noche en que Kaliq y Tamara fueron a cenar y vio la esperanzada expresión en los ojos de Cally cuando sus amigos hablaron de la inminente boda, y después de que ella le contara su breve y frustrada historia amorosa, era un tono que había temido que Cally adoptara en algún momento. Pero no estaba dispuesto a que le afectara, lo mismo que no estaba dispuesto a que su relación amorosa se acabara. Todavía.

–Ya me había dado cuenta.

Cally se tumbó de costado y se apoyó en un codo.

–¿Te vas a alegrar cuando acabe?

Leon continuó con los ojos cerrados.

–Claro. Estoy deseando verlos restaurados.

Cally titubeó.

–Yo también. Pero tengo que admitir que me va a entristecer no seguir trabajando con ellos, en ese estudio y...

–¿Por casualidad estás tratando de que te pida que te quedes después de acabar la restauración, Cally? –Leon abrió los ojos y la desafió con su mirada azul–. Porque, si es así, deja que te recuerde que fuiste tú quien dijo que lo nuestro duraría mientras estuvieras trabajando aquí.

Cally enrojeció.

–No, no... Es sólo que esta mañana me he dado cuenta de que voy a acabar antes de lo que había pensado, eso es todo.

–Un mes, justo lo que habías dicho que te llevaría el trabajo.

–¿Un mes? –Cally, sorprendida, se lo quedó mirando–. No es posible que haya pasado un mes.

–El tiempo vuela cuando uno se divierte –comentó Leon sentándose.

¿Un mes? Y, de repente, se dio cuenta de que no había tenido la regla desde su llegada a la isla. Con el rostro pálido súbitamente, trató de pensar en una explicación que disipara el miedo a lo inimaginable. Sus menstruaciones, a veces, eran irregulares, ¿no? Y si algo cambiaba el ciclo menstrual de una mujer era una dieta de comidas diferentes, ¿no? Sí, tenía que ser eso. Seguro que le venía la regla en uno o dos días.

–Bueno, lo que quería decir es que no había pensado en proyectos de trabajo para después de la restauración de los cuadros hasta esta mañana. Resulta que he recibido una llamada de la galería Galerie de Ville de París. Al parecer, han comprado una colección de cuadros de la época que precede a Rafael y necesitan una restauradora más en su equipo de restauración, y quieren saber si me interesa el trabajo. Los de la galería London City Gallery me han recomendado.

–Felicidades –dijo Leon–. Deberías habérmelo dicho antes. ¿Cuándo tienes la reunión con ellos?

–Todavía no lo sé. Supongo que pronto. Me llamaron ayer, pero no he visto el mensaje hasta hoy por la mañana.

–¿Y todavía no les has llamado?

–No.

La momentánea sorpresa de Leon se evaporó.

–¿Por qué, *chérie*? ¿Porque antes de hablar con ellos querías saber mi opinión? No puede ser eso, los dos sabemos que es una oportunidad única para ti. Por lo tanto, ¿no será porque querías saber si yo iba a proponerte algo mejor?

Cally se puso en pie de un salto.

—¡Como si esperara que lo hicieras! —exclamó ella, consciente de que ése era el motivo, de que había estado dispuesta a dejar su carrera por un hombre que no sentía nada por ella—. Supongo que esperaba que te diera algo de pena que nuestra aventura amorosa llegara a su fin.

—¿A su fin? ¿Por qué? Montéz está a sólo hora y media de París. Tendrás libres los fines de semana, ¿no?

Cally se quedó boquiabierta.

—¿Quieres decir que... que quieres que sigamos?

—Que no quiera casarme no significa que no me interese nuestra placentera relación sexual.

Leon había hablado como si no le diera importancia. Sin embargo, ella sabía que Leon daría por finalizada la relación en ese momento si no tuviera ningún interés en ella.

«No seas idiota, Cally. Leon va a dejarte tarde o temprano». Y acceder a continuar sólo serviría para prolongar la agonía hasta el día en que Leon decidiera que ya se había cansado, cosa que no tardaría en hacer dado que sólo se verían los fines de semana y a un hombre con su apetito sexual le sabría a poco. A menos, por supuesto, que la relación no fuera exclusiva. Y esa idea la hizo sentir náuseas.

—¿Y con quién harás el amor de lunes a viernes, Leon?

Leon hizo una mueca de desagrado.

—Te doy mi palabra de que serás la única mujer con la que me acueste.

Cally se lo quedó mirando. Quería creerle. Quería creer que era posible tener una relación y trabajar en lo que le gustaba, y se preguntó si se atrevería a hacer la prueba.

–¿Por qué?

–Porque nunca he deseado a una mujer tanto como te deseo a ti –respondió Leon, notando que Cally se estaba dando por vencida. Entonces, extendió un brazo y la atrajo hacia sí–. Y porque no quiero que esto acabe.

–En ese caso, espero que no te marees con facilidad, Leon –susurró ella.

–¿Por qué?

–Porque lo primero que quiero que me enseñes cuando vengas a verme a París es la Torre Eiffel.

–Lo segundo, *chérie* –le corrigió Leon con un brillo travieso en los ojos antes de bajar la cabeza y apoderarse de la boca de ella.

Cally acabó la restauración de los Rénard tres días más tarde hacia el mediodía. Mientras los contemplaba con admiración, se vio asaltada por una emoción que nunca antes había sentido. Era como si con aquel trabajo se hubiera cumplido parte de su destino.

Estaba deseando enseñárselos a Leon.

Se miró el reloj, las doce y media. Leon volvería como tarde a las dos. Como todavía no le había llegado la regla, decidió ir a la farmacia del pueblo para asegurarse de que sólo se trataba de un retraso, nada más. De esa forma, cuando fuera a París al día siguiente para hablar con los de la galería, lo haría sin esa preocupación.

Seguía convencida de que no podía estar embarazada ya que se sentía perfectamente normal, a parte de un poco cansada, lo que seguro que se debía al tiempo que pasaba haciendo el amor con Leon o nadando en el mar. Pero... ¿y si se había quedado embarazada?

Un lento e inesperado calor le subió por el cuerpo. No sabía si se debía a lo contenta que estaba por el trabajo que había hecho o si se debía al excesivo sol; sin embargo, le pareció que no era nada que pudiera preocuparla. Le parecía la cosa más natural del mundo.

En ese momento oyó unos pasos aproximándose al estudio y sonrió. Leon había regresado antes de lo previsto.

–Ya he acabado –dijo ella en tono triunfal–. ¿Qué voy a hacer...? ¡Oh!

Al volverse, se dio cuenta de que no era Leon. Se trataba de una mujer con un vestido morado y cabello negro azabache que le llegaba a la cintura. Una cintura que, sin dudarlo, habría sido de avispa de no ser porque parecía embarazada de unos cinco meses.

–¿Puedo ayudarle en algo? –preguntó Cally alzando los ojos para fijarse en el rostro de la mujer.

De repente, se dio cuenta de que estaba frente a Toria. La reconoció por las fotos de las portadas de las revistas cuando se casó con Girard. Toria, de la que no se podía decir nada bueno, según Leon. Sin embargo, éste no le había mencionado que estuviera embarazada.

–Estoy buscando a Leon –respondió Toria con desdén.

–Usted debe de ser Toria.

–Y usted debe de ser la última conquista de Leon –Toria la miró de arriba abajo–. Bueno, ¿dónde está? ¿Ahí fuera? –Toria hizo un gesto señalando el mar.

–En este momento no está en el palacio. La verdad

es que estoy yo sola y creía que las puertas estaban cerradas. ¿Le importaría decirme cómo ha entrado?

–Con mis llaves –respondió Toria. Entonces, metió la mano en el bolso y sacó un manojo de llaves–. No sé por qué se sorprende, ésta es mi casa. O, mejor dicho, lo era.

Cally apretó los dientes.

–Leon está en la universidad y no tengo ni idea de la hora a la que va a volver –mintió Cally, con la esperanza de que esa mujer se marchara.

No sabía que Toria tenía las llaves del palacio, pero Leon le había dicho que sólo iba a Montéz cuando quería causar problemas.

–En ese caso, le sugiero que le llame por teléfono y le diga que estoy aquí y que tengo que darle una noticia.

Cally tuvo ganas de mandarla a paseo, pero le pareció una oportunidad de avisarle a Leon de que Toria estaba allí.

–Muy bien –respondió Cally con fingida dulzura–. Por favor, siéntese.

Cally fue al despacho de Leon y le llamó al móvil. No obtuvo respuesta. Al ver una lista de números de teléfono en un papel encima del escritorio, le echó un vistazo y vio el teléfono del despacho del rector. Llamó a ese teléfono.

–*Bonjour*.

Cally titubeó antes de contestar.

–Mmmm... *Je voudrais parler à monsieur Montallier, s'il vous plaît*.

El hombre que la había contestado se dio cuenta de su falta de soltura hablando francés.

–Soy el profesor Lefevre. Lo siento, pero el príncipe no está aquí. ¿Puedo ayudarle en algo?

–¿Ya ha salido de allí y está de camino al palacio? –preguntó Cally esperanzada.

–No, señorita. El príncipe no ha venido hoy.

–Oh –Cally frunció el ceño, estaba segura de que Leon le había dicho por la mañana que le estaban esperando en la universidad–. ¿Así que no le ha visto desde ayer?

–No, me parece que está usted equivocada. La última vez que le vi... creo que fue hace tres semanas –contestó el profesor Lefevre.

A Cally se le hizo un nudo en la garganta.

–Yo... sí, supongo que me he equivocado. Siento haberle molestado.

Después de colgar, Cally empalideció. Leon le había hecho creer que iba todos los días a la universidad, pero le había mentido. Trató de convencerse de que no tenía importancia, que no era asunto suyo lo que él hacía. Pero sí le molestaba. Y ahora, para colmo, la mujer a la que Leon supuestamente odiaba se había presentado en el palacio y había entrado con sus propias llaves.

Cally respiró profundamente para recuperar la compostura y se recordó a sí misma que la relación no iba a funcionar si no se fiaba de él.

Forzando una sonrisa, volvió a entrar en el estudio.

–Lo siento, pero no he logrado localizar a Leon –anunció Cally–. Y no tengo ni idea de la hora a la que va a volver.

Toria no disimuló su irritación.

–En ese caso, como no voy a quedarme aquí esperándole dado mi estado, me gustaría que le diera un mensaje de mi parte.

—Encantada.

—Dígale que estoy embarazada... que llevo en mis entrañas al heredero al trono.

Capítulo 11

CALLY clavó los ojos en el vientre de Toria y, consternada, se la quedó mirando.

Embarazada. Con el heredero al trono en su vientre.

Sintió como si se le clavaran puñales en el pecho. No podía tratarse del hijo de Girard porque éste había muerto un año atrás, por lo que era imposible... a menos que se hubiera sometido a inseminación artificial. No, no podía tratarse de eso, Girard había muerto inesperadamente.

Cally levantó el rostro y se fijó en el semblante de Toria, a quien Leon había descrito como increíblemente atractiva.

De repente, a Cally le dieron ganas de vomitar.

–¿No querrá decir que Leon...? –dejó la frase sin terminar.

Toria vaciló un momento. Después, alzó la barbilla y la miró fijamente.

–Sí, Leon es el padre.

Cally palideció y, temblando, se acercó al sofá.

–No. ¿Cómo?

La otra mujer lanzó una seca carcajada.

–¿Que cómo? ¿Necesita que se lo explique? Leon Montallier no es un hombre fácil de resistir –Toria

encogió los hombros–. Cometí el error de creer que, al
ser la viuda de su hermano, no se fijaría en mí a menos
que sus intenciones fueran honorables. Me equivoqué.

Toria hizo una pausa y entonces, al ver que Cally se
había cubierto el rostro con las manos, continuó:

–Con el tiempo, estaba tan enfadada que pensé en ir
a los medios de comunicación y contar lo que me había
pasado, pero Leon se me adelantó. Gracias a su preciosa
ley, su reputación permanece intacta. Le resulta muy útil.

Cally, horrorizada, alzó la cabeza.

–Ah, no me diga que le ha contado esa patraña de
que ha vuelto a imponer esa ley por el bien de la isla
–dijo Toria en tono burlón–. Sí, yo también le creí. Si
yo fuera usted, me marcharía de aquí antes de que él la
utilice y luego la deje tirada.

–Lo tendré en cuenta –respondió Cally con voz aho-
gada.

–Bien –Toria sacudió su larga melena–. Y, por favor, no se olvide de darle el mensaje. Me voy ya, no es
necesario que me acompañe.

Una vez sola, Cally apretó los párpados con fuerza
tratando de no pensar en esa terrible posibilidad...

¿Y si Leon las había dejado embarazadas a las dos?

El ritmo de su respiración se aceleró. El mundo a su
alrededor se estaba derrumbando. Se tumbó, encogió el
cuerpo y se llevó las manos a la cabeza en un intento
por ignorarlo todo.

Pero cuando iba a sumirse en el olvido de la incons-
ciencia, oyó la voz de él...

–No me extraña que estés agotada.

Una voz insoportablemente tierna.

Cally parpadeó y abrió los ojos. Leon estaba de pie,

delante de los cuadros, contemplando encantado el producto final después de la restauración.

–Han quedado fabulosos.

Ella no se movió.

–No estoy agotada.

–¿No? –dijo él sin apartar los ojos de los lienzos–. En ese caso, ¿qué te parece si lo celebra...?

Leon se interrumpió al volverse y ver su estado. Entonces, con expresión de preocupación, preguntó:

–¿Qué es lo que te pasa?

Cally se sentó apoyándose en el brazo del sofá mientras la sangre se le subía a la cabeza.

–Toria ha venido.

Leon se puso tenso.

–¿Toria?

Ella asintió.

–¿Qué quería?

Cally respiró hondo. Sabía que quizá debiera decirle que se sentara, hablar con él con calma. También sabía que no debía ser ella quien le diera esa noticia. Pero, sobre todo y por egoísta que pareciera, quería decírselo cuanto antes para ver su reacción, porque sabía que eso en sí le diría lo que quería saber.

–Ha venido para decirte que está embarazada y que tú eres el padre.

Con incredulidad, le vio echarse a reír.

–No es la primera vez que recurre a mentiras con el fin de espantar a cualquier mujer a quien considera una amenaza, pero esta vez se ha pasado. Después de todo lo que te he contado, creía que te habías dado por enterada de que no debes creer nada de lo que salga de la boca de Toria.

—No han sido precisamente sus palabras lo que me ha convencido —susurró Cally con voz entrecortada—, sino su abultado vientre.

El cambio de expresión de Leon fue sorprendente. La sangre desapareció de sus mejillas y los músculos se le tensaron. Por primera vez desde que se conocían, los ojos de él le parecieron vacíos y carentes de sentimientos. Y fue esa expresión lo que confirmó sus sospechas e hizo que se desvanecieran sus esperanzas.

En ese momento, Cally se dio cuenta de que, si aún le quedaba algo de amor propio, debía marcharse de allí inmediatamente. Además, la postura adoptada por Leon no dejaba lugar a dudas de que la idea de ser padre le parecía tan horrible como una enfermedad mortal. Por lo tanto, a ella no le quedaba más remedio que confirmar que no se había quedado embarazada, tomar un avión a París y olvidar completamente que había hecho el amor con el príncipe de Montéz.

Muy despacio, apoyándose en unas piernas cuyos músculos parecían haberse desintegrado, Cally encontró fuerzas para ponerse en pie.

—¿Adónde vas?

—A París.

—Tu avión no sale hasta mañana.

Cally le miró con perplejidad. ¿Acaso esperaba Leon que se quedara?

—Dadas las circunstancias, no creo que...

—Ah, claro, entiendo. Si ella ha dicho que yo soy el padre, tiene que ser verdad.

Cally sacudió la cabeza.

—¿Por qué iba a mentir?

—Porque es una zorra, Cally, por eso.

–¿Me vas a decir que cuando los dos os quedasteis aquí solos, después de la muerte de Girard, no se te ocurrió acercarte a ella?

Leon pareció molesto por tener que darle explicaciones.

–No, no me acerqué a ella.

–¿Qué quieres decir?

–Lo que quiero decir es que Toria no tardó nada en intentar seducirme. Lo que más deseaba en el mundo era ser la esposa de un príncipe, sin importarle qué príncipe. Pero yo le dejé muy claro que prefería cualquier cosa antes que acercarme a ella y le expliqué que tenía la intención de volver a implantar la ley sobre el control de la prensa. Toria se marchó de la isla inmediatamente después.

–Cuando me hablaste de ella, no me contaste que había intentado seducirte.

Leon se encogió de hombros.

–Comparado con el resto, eso no es nada.

–¿Y cómo es que todavía tiene las llaves del palacio?

–Para mi desgracia, como viuda de Girard, aún tiene ciertos derechos. Acceso al palacio es uno de ellos.

Cally cerró los ojos y respiró profundamente.

–La versión de Toria es muy diferente a la tuya.

–Así que has decidido creer a Toria en vez de a mí, ¿eh? –preguntó Leon con incredulidad–. ¿Por qué? ¿Por qué cuando nos conocimos decidí no mencionar mi título nobiliario? Creía que eso ya lo habíamos superado.

–Y lo habíamos superado –Cally sintió la amenaza de las lágrimas y tragó saliva–. Por eso es por lo que intenté hablar contigo y te llamé a la universidad tan pronto como ella se presentó aquí. Pero no estabas en la universidad, ¿verdad, Leon? Hace semanas que no la pisas, al contrario de lo que me has estado diciendo todo este tiempo.

—Yo...

—No, deja que termine. He intentado convencerme a mí misma de que había una explicación lógica e igualmente me he esforzado por creer que Toria estaba mintiendo. Por eso quería oír tu versión. Pero la cara de horror que has puesto al enterarte de que estaba embarazada me ha dicho todo lo que necesitaba saber.

Leon vaciló y, durante un momento, pensó en contárselo todo; pero la idea de decirlo en voz alta le resultó agonizante, por lo que se cruzó de brazos y se dio media vuelta.

—Lo que me horroriza es que esa bruja vaya a traer a un niño al mundo.

—Qué consideración por tu parte preocuparte por un niño que todavía no ha nacido.

—Es un insulto a la memoria de mi hermano.

—¿Y qué hay de lo de la universidad? ¿Vas a hacerme creer que estabas allí?

—Sí. No en el campus principal, sino en otro edificio fuera del campus.

—¿Y cómo es que el rector no sabía nada?

—Porque todavía no se lo he enseñado.

Cally le miró con incredulidad.

—Pues enséñamelo a mí.

Leon la miró de arriba abajo, triturándola con los ojos. Una mirada que le dijo que había cometido un error imperdonable al suponer que él le debía explicaciones. Y entonces, con agonizante lucidez, se dio cuenta de que realmente no tenía importancia que Leon le estuviera diciendo la verdad o no porque ella no significaba nada para él y así sería siempre.

–¿Y qué si te lo enseño, Cally? ¿Vas a pedirme luego que le exija a Toria que se someta a una la prueba de paternidad de su hijo antes de continuar con nuestra relación? Porque podríamos hacer eso, pero algo me dice que no será suficiente para ti. Tenías envidia de Kaliq y Tamara el día que vinieron a cenar, ¿verdad? Tan enamorados y a punto de casarse, ¿no? Y ahora viene Toria, dice que va a tener un hijo mío y tú estás inconsolable. ¿No se deberá tu disgusto a que lo que verdaderamente quieres es que te pida que te cases conmigo y tengamos niños?

Cally hizo un esfuerzo por no desvanecerse.

–No, Leon, lo que quiero es marcharme de aquí. Quiero tomar el avión a París y quiero seguir con mi trabajo.

–No me vas a engañar, Cally Greenway.

–Lo nuestro ha acabado, Leon –declaró Cally destrozada.

–¿Que ha acabado? –Leon se echó a reír, fue una risa impertinente que vibró en toda la estancia–. Lo nuestro no acabará nunca, *chérie*. Es demasiado ardiente.

Debería haber sido más rápida, pero Leon se le adelantó. La agarró por el brazo, la hizo darse la vuelta y la besó. Fue un beso posesivo, apasionado, furioso e innegablemente físico. Sabía lo que Leon le estaba haciendo mientras su traicionero cuerpo respondía con excitación y sus pezones se erguían buscando el contacto con el duro pecho de él. Sí, Leon quería hacerla sucumbir.

Pero nunca más.

Ceder al instinto era lo que la había colocado en aquella situación y no iba a sacarla del apuro. Tenía que escapar. Ya. Mientras aún le quedaba la promesa de una carrera profesional por la que tanto se había esforzado, a pesar de que parecía haber perdido todo significado para ella.

Pero significaba más que ese beso, le gritó una voz interior. Y eso le dio fuerza para zafarse de él y poner cierta distancia entre ambos.

–Como he dicho, demasiado ardiente –dijo Leon, sus labios tan hinchados como los de ella.

«No», pensó Cally desolada mientras contemplaba a Leon con el mar de fondo. «No, demasiado frío».

Capítulo 12

Cuatro meses después

Profesionalmente, a Cally le iba muy bien. El jefe del equipo de restauración de la Galerie de Ville la había contratado y sólo por sus méritos. El trabajo era estimulante y prolífico; la semana anterior, habían enseñado un Rossetti que el equipo y ella habían restaurado y la crítica había sido muy positiva. Los otros restauradores eran profesionales y simpáticos, y el estudio contaba con todos los sistemas de restauración más modernos.

Vivía en un pequeño pero agradable apartamento cerca de la Torre Eiffel, se lo había alquilado a una encantadora mujer mayor de nombre Marie Ange que impartía clases de francés. El dinero de la restauración de los Rénard lo había depositado en un banco y ahora su situación económica era holgada.

Sí, todo le iba bien, pensó Cally, el asunto con el príncipe de Montéz había quedado atrás. A excepción de un pequeño detalle: se encontraba en la ciudad más romántica del mundo y tenía el corazón destrozado. Y, además, estaba embarazada.

Cally se acarició el vientre mientras contemplaba por el ventanal del establecimiento las hileras de paraguas y los caballetes de la Place du Tertre, y rememoró el día que partió de la isla...

En el aeropuerto de Montéz, tan pronto como Boyet la dejó sola, había entrado corriendo en la farmacia con el fin de hacerse la prueba del embarazo antes de tomar el avión. Se había hecho la prueba tres veces porque las dos primeras le habían dado positivo y estaba convencida de que no lo había hecho bien. Por fin, no le quedó más remedio que reconocer la evidencia.

Al principio, le habían dado ganas de tomar un taxi, volver al palacio y darle la noticia a Leon, pero en el fondo sabía que él la despreciaría si lo hacía. La habría acusado de haberse quedado embarazada a propósito con el fin de obligarle a casarse con ella y habría puesto cara de horror, lo mismo que cuando ella le pasó el mensaje de Toria.

En vez de volver a Inglaterra, quizá la opción más lógica dada la situación, la posibilidad de un trabajo en la Galerie de Ville le ofrecía la oportunidad de demostrarse a sí misma que el motivo por el que se había sentido tan bien en la isla había sido por enfrentarse a un reto profesional, a un cambio de ambiente. Vivir en París tenía que ofrecerle experiencias similares a las de Montéz, o mejores aún. Además, en el futuro, se sentiría orgullosa de haber alcanzado el sueño de trabajar como restauradora en una de las galerías de más prestigio del mundo.

Todo eso lo había pensado en el aeropuerto, después de saber que estaba embarazada y antes de tomar el avión a París. Pero no había tenido en cuenta una variable de suma importancia...

Leon Montallier no estaba en París.

Y ahora, aunque le costaba admitirlo mientras atacaba la deliciosa crep que el camarero acababa de colocarle delante, ésa era la razón por la que se había sentido casi feliz en Montéz. Por extraordinaria que fuera la ciudad de París, la verdad era que todo lo que siempre había creído que quería no era lo que realmente quería. Ni siquiera el trabajo de restauración, que se suponía que tenía que gustarle, le servía para otra cosa que no fuera poner a prueba su habilidad profesional y matar el tiempo. Desde el punto de vista creativo, lo único que deseaba hacer era pintar algo propio; sin embargo, cada vez que se sentaba delante de un lienzo en blanco, se encontraba incapaz de pintar. Quizá se debiera al vacío que sentía en su corazón.

Lo más probable era que fuera lo mejor, pensó apesadumbrada. Cierto que el paisaje que había pintado en el palacio le había parecido bien en el momento, pero ahora estaba segura de que, si volvía a verlo, le parecería horrible. Debería haberlo tirado al mar antes de marcharse, pensó avergonzada al ocurrírsele la idea de que, sin duda, Leon se había cruzado con él. Posiblemente Leon lo hubiera tirado al mar.

Y no podía haberse equivocado más al suponer que la herida que él le había infligido se cerraría algún día. Era irracional, irremediable, pero la verdad era que estaba enamorada de Leon y no tenía sentido seguir negándolo. En París sólo había logrado que sus sentimientos por él se intensificaran, en vez de olvidarle. Unos sentimientos que había esperado que el tiempo disipara, pero que obstinadamente seguían obsesionándola.

Sólo una cosa había cambiado. La semana anterior, cuando escuchaba la radio para practicar su francés, había oído el nombre de Toria. Al prestar atención, se había enterado de que Toria estaba celebrando el nacimiento de su hijo, un precioso niño mestizo, con su compañero sentimental, un futbolista profesional con quien vivía ahora en Milán.

A pesar de ser un alivio, hacía que se echara en cara su comportamiento aquel día. Por los motivos que fuera, quizá sólo por causarle problemas al hombre que había puesto obstáculos a sus ansias de fama, era Toria quien había mentido y Leon quien había dicho la verdad...

Excepto en lo que se refería a esas mañanas en la universidad, se dijo Cally a sí misma obstinándose en pensar mal de él. Sin embargo, echarle eso en cara le parecía miserable. No era un delito, cosa que sí lo era no decirle a un hombre que iba a ser padre.

Por supuesto, llevaba pensando en ello desde ese día. En el momento en que oyó la noticia por radio, consideró la posibilidad de llamarle por teléfono o tomar un avión a Montéz, pero se echó atrás temiendo la respuesta de Leon.

Descubrir que Leon no era el padre del niño de Toria sólo cambiaba la situación desde la perspectiva de ella, pensó mientras el camarero retiraba el plato de la mesa. Quizá ahora se fiara de él, pero eso no significaba que Leon quisiera tener un hijo. En cuyo caso, ¿por qué se iba a sentir responsable de su hijo y de ella cuando el embarazo se había debido a una equivocación suya? Además, si Leon hubiera querido formar parte de su vida de alguna manera habría ido a buscarla a París, pero no lo había hecho.

—¿Me permites que me siente a tu mesa?

Cally se quedó perpleja al oír una voz increíblemente similar a la de Leon y, al levantar la cabeza...

—¡Leon! —exclamó Cally sin dar crédito a sus ojos—. ¿Qué haces aquí?

Cally se alegró de estar sentada, la mesa cubría la evidencia de su embarazo.

—Uno de tus compañeros de trabajo de la galería me ha dicho que lo más seguro es que estuvieras aquí.

—¿Quién? —preguntó Cally, rezando porque se tratara de Michel y no de Céline.

Sin duda, Céline le habría comentado que ella iba allí todos los días desde que le dio antojo por las creps de espinacas y queso gorgonzola.

—Un hombre, pero no me ha dicho su nombre.

—Michel —Cally sonrió y lanzó un suspiro de alivio, sin advertir la mueca de desagrado de Leon—. En fin, eso da igual. Dime, ¿qué haces en París?

Cally recordó lo que había estado pensando hacía unos momentos, antes de que Leon apareciera como por arte de magia. «Si quisiera formar parte de tu vida, habría venido a buscarte...».

¿Era eso? Le miró a la cara, pero su expresión no delataba sus pensamientos.

—¿Por qué crees que estoy en París, *chérie*?

Durante unos segundos, Cally tuvo miedo de que Leon lo supiera. Pero no, no podía ser.

—¿Has venido por motivos de negocios? —sugirió ella.

Leon lanzó una queda carcajada y corrió un dedo por la carta.

—En parte. ¿Qué vas a tomar?

En parte. ¿Qué demonios había querido decir?

—Nada, gracias —respondió ella.

–En ese caso, podemos irnos. Deja que te acompañe a la galería.

–Bueno, pensándolo bien... –Cally se acordó de la protección que le ofrecía la mesa–. Creo que voy a tomar algo; si no, luego me va a entrar hambre.

Leon apretó los dientes mientras ella fingía leer la carta del menú, a pesar de haberla visto pedir un enorme almuerzo apenas veinte minutos antes y que se había comido con enorme gusto y rapidez. Pero él sabía por qué, lo sabía desde que Boyet le enseñó un artículo de un periódico tres días atrás, un artículo sobre la galería y el nuevo Rossetti que acababa de ser restaurado por un equipo de restauradores. Un artículo con fotografías.

Al principio, había montado en cólera. Cally estaba en cinta y sabía que era él quien la había dejado embarazada. Sin embargo, Cally se lo había ocultado... ¡Y eso después de haberle acusado de ser deshonesto y de ocultar la verdad!

Pero, a pesar de la furia por que ella no se lo hubiera dicho, era consciente de que Cally no había ido a la prensa ni había acudido a él. Y eso le sorprendía. Sí, se había convencido de que Cally no era la clase de mujer que vendía su historia a cambio de quince minutos de fama; sin embargo, había creído que volvería a la isla a obligarle a casarse con ella. Más aún, había estado convencido de que Cally volvería sólo por acostarse con él, entregándose al deseo que la consumía; igual que el deseo que él sentía por Cally le había estado consumiendo día tras día desde su separación. Sin embargo, con infinita frustración por su parte, no había ocurrido.

En ese caso, ¿por qué Cally no había acudido a él a pesar de tener la excusa perfecta?

En el momento de plantearse esa pregunta y darse cuenta de que desconocía la respuesta, pensó que, si lograba calmar su ira, Cally podría ser la solución perfecta al desagradable problema que le acuciaba desde lo de Toria. Además, solucionaría el problema de la dolencia en la entrepierna, que se había acrecentado desde que la había visto con esas nuevas y voluminosas curvas que ella, tontamente, se había propuesto a ocultar a toda costa.

¿Acaso le creía tan estúpido como para no notarlo?

–Creo que voy a tomar un *friand* de almendras –dijo Cally con la esperanza de que fuera el plato más pequeño del menú–. ¿Y tú?

–No sé. ¿Qué tal unas explicaciones?

–¿Qué?

Cally evitó la mirada de Leon, pero sintió sus ojos clavados en ella.

–Unas explicaciones –repitió Leon–. Como, por ejemplo, por qué no me has dicho que llevas a mi hijo en tu vientre.

El pánico se apoderó de ella.

–¿Cómo... cómo te has enterado?

–No como me merezco.

Avergonzada, Cally asintió.

–Sí, debería habértelo dicho.

–¿Por qué no lo hiciste?

Ella sacudió la cabeza y jugueteó con la carta, incapaz de mirarle a los ojos.

–Porque sabía que tú no querías tener un hijo y fue culpa mía quedarme embarazada.

Leon frunció el ceño, sin saber a lo que ella se refería pero seguro de que no le iba a gustar lo que venía después.

–La primera vez, cuando dije que no necesitaba protección, pensé que estábamos hablando en sentido figurado. No me di cuenta hasta después de que tú te lo habías tomado como si te hubiera dicho que estaba tomando anticonceptivos.

Leon se mordió la lengua a pesar de la cólera que sentía. Si Cally hubiera ido a Montéz con esa excusa, él jamás la habría creído; por el contrario, habría supuesto que se había tratado de una estratagema para cazarle. Pero Cally no había hecho eso. A pesar de tener la disculpa perfecta para dejar su trabajo, no la había utilizado. Lo que le hizo pensar que era posible que aquello funcionara.

–Fue un malentendido, eso es todo –respondió Leon.

Cally alzó el rostro con expresión de incredulidad. ¿Comprensión? ¿Por parte de Leon Montallier?

–Sí, lo fue.

–Y, sin embargo, decidiste acarrear con las consecuencias.

–Así es. Que haya sido algo inesperado no significa que no quiera ser madre.

–¿Y no se te pasó por la cabeza que, de saber que iba a ser padre, quizá yo también querría serlo?

Cally advirtió el modo como los rasgos de Leon se suavizaban. Perpleja, sus ojos se agrandaron.

–Yo... supongo que esperaba que tu reacción fuera la misma que cuando te dije que Toria estaba embarazada –dijo ella avergonzada–. Pero ahora ya sé que eso no tenía nada que ver contigo.

Leon, muy serio, asintió.

–Y... ¿has cambiado de opinión? –preguntó ella en un susurro.

Leon respiró hondo antes de contestar.

–Tienes razón, Cally, no quería tener un hijo. Y no porque no me gusten los niños, sino porque creo que un hijo debe ser criado por un padre y una madre, casados. Y como no quería casarme, no quería tener hijos. Pero la vida no es tan sencilla.

Leon sacudió la cabeza y despidió al camarero, que se había acercado a la mesa. Entonces, continuó:

–Ahora, tú llevas a mi hijo en tu vientre. Pero incluso antes de saberlo, durante los cuatro últimos meses, te he echado de menos como no creía que fuera posible echar de menos a nadie. Y no sólo en la cama, sino como compañera.

Cally, atónita, se lo quedó mirando.

–Cally, quiero casarme contigo. Tan pronto como sea posible.

Cally se pellizcó la pierna para comprobar que no estaba soñando. Leon Montallier, el príncipe Leon Montallier, el hombre que le había dicho que la institución del matrimonio le resultaba insoportable, ¿le había pedido que se casara con él?

–¿No te parece que casarnos es una opción algo precipitada? –respondió ella vacilante, mirando por el ventanal del café a los caricaturistas y al pequeño grupo de peatones que les observaban, temerosa de que, si le miraba a los ojos, Leon iba a darse cuenta de que quitarle esa idea de la cabeza era lo último que quería en el mundo.

–No –replicó Leon con voz suave pero firme–. Y creo que a ti tampoco te lo parece.

Cally se dio cuenta de que Leon no necesitaba mirarla a los ojos para saber lo que estaba pensando.

–Quizá tengas razón –admitió Cally–. Pero no quiero que, en el futuro y al mirar atrás, ninguno de los dos se arrepienta de haber dado ese paso.

–Nadie sabe lo que el futuro va a deparar –dijo Leon con la seriedad de un hombre consciente de las arbitrariedades del destino–. Pero no es posible que nos arrepintamos de intentar criar juntos a nuestro hijo, ¿no te parece?

En eso tenía razón, pensó Cally. ¿Cómo iba ella a arrepentirse de criar a su hijo junto con él en Montéz cuando la alternativa era criarlo sola en Cambridge?

Además, su hijo sería el heredero, o heredera, al trono. ¿Cómo podría criarse en otra parte que no fuera en la isla, preparándose para el futuro?

–Aparte de criar a nuestro hijo, me gustaría seguir trabajando, Leon.

–Por supuesto –respondió él sin el tono sarcástico del pasado–. Si quieres, podrías trabajar como *free lance* en el estudio.

Cally casi no daba crédito a lo que estaba oyendo. Leon no le había pedido que dejara el trabajo que tanto le gustaba, ni había supuesto que querría dejarlo. Sí, había mucha incertidumbre, muchas cosas que superar, pero si los dos se esforzaban...

–Sí, podría hacerlo –Cally asintió tímidamente.

–¿Me estás dando a entender que no te opones a la idea de casarte conmigo, *chérie*?

–Sí, Leon, eso es.

–Estupendo –Leon se inclinó hacia delante por encima de la mesa y le susurró al oído–, porque ya he reservado la iglesia para dentro de una semana a partir de hoy.

–¿Una semana?

Leon asintió.

Era arrogante. También romántico. Y la felicidad que la invadió disipó su exasperación con él.

En ese momento, Cally se puso en pie y se acercó a Leon para abrazarle. Pero antes de poder pegar el cuerpo al de él y de juntar las manos en su nuca, Leon le puso una mano en el codo, deteniéndola.

–¿Qué pasa?

Cally siguió la mirada de él, que se había depositado en su vientre.

–Es sólo que... ¿Me dejas tocar?

–Naturalmente –Cally sonrió y lanzó un suspiro de alivio. Después, agarró las manos de Leon y se las llevó al vientre–. Siento no habértelo dicho, Leon.

Leon tensó la mandíbula, pero se obligó a controlarse.

–Escucha, dentro de tres días me toca hacerme un escáner en el hospital, ¿por qué no me acompañas?

Leon asintió con una convicción que indicaba que no se lo perdería por nada del mundo.

–Y después a Montéz.

Capítulo 13

QUÉ TE parece Jacques? –Leon sonrió traviesamente mientras pasaban la cima de la colina en el coche y el palacio aparecía a la vista, aún más resplandeciente que como lo recordaba bajo el sol de noviembre.

Cally bajó los ojos y contempló la licencia de matrimonio que tenía en una mano; en la otra, la foto ultrasonido con el feto, un niño. De tener una tercera mano se habría vuelto a pellizcar.

–¿Como Jacques Rénard? –Cally volvió la cabeza y su sonrisa se amplió–. Me encanta.

–¿Cómo me dijiste que se llamaban tus sobrinos?

–Dylan y Josh. Dylan es el mayor de los dos.

Leon no sólo había insistido en invitar a su familia a la boda, que iba a tener lugar dentro de cuatro días, sino que además parecía realmente interesado en conocerles. Incluso a Jen, a pesar de ser periodista, cosa que para Leon era casi un delito.

Cally recordó la reacción de su hermana al llamarle el día anterior con la noticia.

–¿Que vas a casarte? ¿Con el príncipe de Montéz? –había gritado Jen después de disculparse una vez más por lo del artículo–. Pero... ¿no me habías dicho una y mil veces que era un sinvergüenza?

–Tiene sus puntos flacos –Cally se había echado a

reír–. Pero estoy enamorada de él, Jen, y... en fin, vamos a tener un niño en marzo.

Su hermana se había quedado atónita, pero no más que lo estaba ella, pensó Cally mientras el coche se detenía a la entrada del palacio.

Al instante, Boyet bajó la escalinata para vaciar el maletero del coche, cargado con cosas que había llevado para empezar su nueva vida con Leon. Como la preciosa cuna para el niño, regalo de Michel, Céline y el resto de los miembros del equipo de restauración de la galería. Y cantidad de ropa de niño que Marie Ange había tejido.

Sí, siempre recordaría con afecto a los amigos que había hecho en París, pero marcharse de la capital le había resultado mil veces más fácil de lo que había sido marcharse de Montéz. Montéz era su hogar. Y aunque iba a costarle algo de esfuerzo acostumbrarse a vivir en un palacio, ahora realmente creía lo que sus padres le habían dicho toda la vida, que la riqueza y la clase social no importaban.

–*Bonjour, mademoiselle*.

Cally sonrió cálidamente a Boyet cuando éste le abrió la portezuela del coche.

–*Bonjour, Boyet, ça va?*

–*Oui, ça va bien, merci* –Boyet le devolvió la sonrisa, claramente impresionado por la mejora de su acento. Después, se volvió a Leon–. He leído un artículo en un periódico que podría interesaros, Alteza. Los periódicos están en la terraza, como de costumbre.

Leon asintió.

–*Merci, Boyet*.

Cally y Leon entraron en el vestíbulo juntos y, mientras ella pasaba al baño, Leon se dirigió a la terraza.

Leon estaba de pie junto a la mesa de hierro forjado

cuando ella entró en el cuarto de estar y, mientras caminaba hacia las puertas de cristal que daban a la terraza, advirtió las profundas líneas en el ceño de él.

–¿Qué pasa? –preguntó ella preocupada al salir fuera.

Rápidamente, las arrugas de la frente de Leon desaparecieron y el rostro pareció iluminársele.

–Nada, *chérie* –respondió Leon doblando una hoja de papel de periódico y metiéndosela en el bolsillo de la chaqueta–. Nada en absoluto. Pero, sintiéndolo mucho, voy a tener que ir al Ministerio de Economía para firmar unos papeles.

Leon se fijó entonces en la licencia de matrimonio que ella tenía en la mano y sonrió.

–De camino, podría darle nuestros papeles al padre Maurice. Entretanto, ¿por qué no descansas un poco? Ha sido un día muy pesado.

«¿Y tú por qué no me dices qué está escrito en ese artículo?», quiso contestar Cally. Pero sabía que quizá sólo fuera paranoia.

–Sí, creo que tienes razón.

–La tengo –dijo Leon tomando los papeles de su mano–. Volveré dentro de un par de horas. Y si te apetece, podríamos dar un paseo por la playa antes de cenar. No hace mucho calor en esta época del año, pero la puesta de sol siempre es espectacular.

Cally asintió antes de que él la diera un beso en los labios.

–Sí, me encantaría.

Cally intentó dormir un poco, pero no lo consiguió. Sus antiguas inseguridades asaltándola de nuevo. Lo que era ridículo: estaba tumbada en la cama real, llevaba dentro al hijo de Leon y apenas faltaban unos días para casarse.

Bajó los pies de la cama y enterró los dedos en la espesa alfombra. Para sentirse cómoda criando a su hijo en el palacio, éste no debía parecerle un mar de puertas cerradas y cuyo interior le resultaba totalmente desconocido.

Igual que Leon, pensó, y se amonestó a sí misma. Iba a llevarle tiempo. Y, como él le había dicho que tenían que elegir una habitación para su hijo, abrir unas cuantas puertas le pareció una manera perfecta para empezar.

Cally salió de la habitación y giró a la derecha. Debía de haber otras ocho habitaciones en aquella ala, sin contar las otras alas del palacio en los diferentes pisos. Pero la habitación de Jacques tenía que estar a pocos pasos de la suya.

La primera habitación en la que entró tenía un techo de madera de roble y vistas a un atrio interior, pero no le pareció suficientemente acogedora para su hijo; además, preferiría que el dormitorio de Jacques tuviera vistas al mar.

La segunda habitación estaba justo al lado de la suya, a la derecha, y era completamente diferente a la primera. Tenía un tamaño medio y una vista fabulosa de la bahía, un asiento justo debajo del ventanal y las paredes amarillo limón estaban bañadas por la luz del sol de la tarde. Sí, podía imaginar allí la cuna de su hijo y juguetes de niño. Y unos cuadros de vivos colores...

Fue entonces cuando vio un viejo marco del revés en el suelo apoyado contra la pared, y se preguntó si podría servirle. Se acercó al marco, le dio la vuelta para ver si estaba vacío y fue cuando vio, detrás del cristal, un enorme árbol genealógico. Fascinada, se arrodilló para examinarlo.

Leon casi nunca había mencionado a su familia. No se lo echaba en cara, ya que sus padres habían fallecido y la muerte de Girard aún era reciente. Sin embargo, sentía curiosidad por saber algo de la dinastía real de la que su hijo iba a formar parte.

Leyó hileras de nombres desconocidos de pasados príncipes soberanos así como los de sus esposas e hijos. Buscó con la mirada, más abajo, el nombre de Leon para localizar su rama de la familia y el lugar en el que su propio nombre y el de su hijo ocuparían en el árbol genealógico. Pero en el momento en que vio el nombre de Leon descubrió que su rama de la familia no conducía adonde había esperado que condujera, lo que la dejó atónita.

Rápidamente, intentó comprender lo que estaba viendo. La madre de Leon, Odette, se había casado con Arnaud Montallier, el príncipe soberano de Montéz, y habían tenido un hijo, Girard. Diecisiete años después y tras el fallecimiento de su padre, Girard había sido coronado. Pero Odette no había tenido a Leon hasta un año después, y el padre de Leon no era un príncipe, sino un hombre llamado Raoul Rénard.

De repente, las palabras de Toria aquel día en el estudio acudieron a su mente con terrible claridad: «Dígale que estoy embarazada, que llevo al heredero al trono en el vientre». Por eso la expresión de horror de Leon, porque la mujer a la que detestaba llevaba en sus entrañas al niño que podía reclamar su herencia al trono.

A Cally se le vino el mundo abajo en ese momento, cuando la confianza que había depositado en Leon Montallier se desvaneció. Leon no había ido a París porque la echaba de menos ni le había propuesto casarse con él porque pensara que podían ser felices juntos, ni siquiera porque creyera que era lo mejor para su hijo. Leon, simplemente, al descubrir que ella estaba embarazada, había considerado preferible que fuera su hijo el heredero de la corona y no el hijo de Toria. Incluso la había acompañado a la prueba de ultrasonido antes de ir a por la licencia matrimonial. Sano y chico, ahora no le sorprendía el entusiasmo de Leon.

Un gemido escapó de sus labios. ¿Cómo podía haber sido tan estúpida? ¿Por qué demonios se había negado a creer que, con Leon, lo importante no era lo que decía sino lo que no mencionaba? Como, nada más conocerse, el hecho de que era príncipe, o como que había comprado los cuadros para su goce personal, o como que la había contratado para acostarse con ella. Leon le había mentido desde que se conocían y ella había sido lo suficientemente estúpida como para creer lo que quería creer.

De repente, aquel palacio se le antojó cómplice de Leon y sintió la necesidad de salir de allí a toda prisa. Bajó corriendo las escaleras y pronto se encontró en la zona alta y verde con vistas a la bahía. La bahía a la que Leon había dicho que quería llevarla a dar un paseo antes de la cena, la bahía que la había inspirado y la había hecho volver a pintar un cuadro.

No pudo evitar los sollozos, rindiéndose a las lágrimas. Y no dejó de llorar ni cuando sintió la presencia de él a sus espaldas.

Leon se agachó junto a ella.

–¿Qué demonios te pasa? ¿Tienes dolores? ¿Es el niño?

–No, Leon –respondió ella entre sollozos–. El heredero al trono está perfectamente.

–Si no es eso, ¿qué te pasa entonces?

–¿Qué más da?

–Creo que tengo derecho a saberlo, ¿no te parece?

–¿Que tienes derecho a saberlo? –gritó Cally con histeria–. Yo también tenía derecho a saber que la única razón por la que quieres casarte conmigo es porque no puedes soportar la idea de que el hijo de Toria sea el heredero de la corona, ¿no te parece?

Leon se quedó muy quieto.

–¿Ha venido otra vez?

–No, Leon, Toria no ha venido. Tu estúpida prometida lo ha descubierto todo ella solita, por el árbol genealógico.

Leon apretó los dientes. El árbol genealógico en su habitación de pequeño. El cuadro con el árbol genealógico que le había dado su madre de niño para ayudarle a superar la verdad pero que sólo había logrado hacerle sentirse más fuera de lugar.

–¿Qué hacías merodeando por ahí?

–¿Merodeando por ahí? –repitió ella con desesperación–. Creía que iba a ser mi casa, Leon, la casa de nuestro hijo.

–Y lo será.

–No, Leon –Cally sacudió la cabeza–. ¿Cómo podría ser mi casa si hay partes de ella en las que me está prohibido entrar? A menos que quieras que sea tu esposa sólo oficialmente. Sí, supongo que eso es lo que quieres.

–¡No quiero que seas mi mujer sólo oficialmente!
–protestó Leon alzando la voz.

–A menos que te sinceres conmigo no podré ser otra
cosa –replicó ella.

Leon se quedó muy quieto, contemplando una lá-
grima que resbalaba por la mejilla de ella. De repente,
algo insoportable le embargó. ¿Vergüenza? ¿Arrepen-
timiento? ¿Miedo? Las tres cosas a la vez.

Se sentó en la hierba, al lado de ella, consciente de
que era demasiado tarde. Pero Cally se merecía la verdad, por vergonzosa que fuera.

–La manera como me convertí en príncipe no es algo
de lo que me enorgullezca.

Cally notó su agonía.

–Pues deberías estarlo –dijo ella, a pesar suyo–. Fuera
como fuese, dejar un trabajo que te apasionaba para servir
a tu país es digno de admiración.

–Era mi deber. Es algo complicado, pero... –Leon
respiró profundamente y su mirada se perdió en el horizonte–. El matrimonio de mi madre con Arnaud fue
amañado por sus padres, obsesionados con alcanzar
mayor estatus social. No se querían, pero mi madre le
proporcionó un heredero y le fue fiel hasta su muerte.
Unos meses después del fallecimiento de Arnaud, mi
madre, que tenía treinta y tantos años, ayudó a un na-
vegante en apuros en la bahía y le permitió que se hos-
pedara en el palacio mientras arreglaba su barco. El na-
vegante se llamaba Raoul Rénard.

Leon hizo una pausa y, de repente, Cally se dio cuenta
de la significación del nombre.

–Según mi madre –continuó Leon–, era descendiente del gran pintor Jacques Rénard. Mi madre se

enamoró de él y a las pocas semanas se quedó embarazada.

Cally se lo quedó mirando, maravillada. Ése era el
motivo por el que Leon había pagado una fortuna por los
Rénard, porque Jacques Rénard era un antepasado suyo.

–¿Y él también se enamoró de ella? –preguntó Cally.

–Sí –Leon asintió–, creo que sí. Pero la felicidad de
mi madre no duró mucho: cuando mi padre volvió a hacerse a la mar, el motor del barco se incendió y él mu-
rió. El trauma anticipó el parto de mi madre y, como resultado, la gente de Montéz supuso que Arnaud era mi
padre. Los asesores de mi madre le aconsejaron que no
revelara la verdad, que lo mejor era dejar las cosas como
estaban. Porque, además, yo era el heredero a la corona.

Cally frunció el ceño.

–¿Cómo es eso posible?

–El linaje de la familia real de Montéz es diferente
al de otros países, o lo es desde el siglo XVI. Por aquel
entonces, el rey de la isla, que era un tirano, fue derro-
cado por un héroe llamado Sébastien. Sébastien era el
hermanastro ilegítimo del tirano, el hijo de la viuda del
anterior rey y uno de los consejeros de palacio. Sébastien declaró la abolición de la familia real y Montéz
pasó a ser una democracia. El pueblo estaba feliz, pero
quería que él fuera rey. Por fin, Sébastien accedió, pero
puso una condición: él y sus sucesores serían príncipes
soberanos, pero no reyes, ya que la soberanía radicaba
en el pueblo.

Leon respiró profundamente y sacudió la cabeza antes de continuar:

–Sin embargo, el resto de Francia se negó a aceptar
a Sébastien como soberano ya que no podía demostrar

tener sangre real. Los ciudadanos de Montéz montaron
en cólera y, con el fin de legitimar su estatus, votaron
para que se cambiara la ley. Desde entonces, esta ley
establece que la viuda de un soberano mantiene su
rango y que cualquier hijo que tenga tras la muerte de
éste pasa a heredar la corona, siempre y cuando la viuda
no vuelva a casarse o el soberano en esos momentos rei-
nante tenga descendencia. De esta forma, Sébastien podía ser el soberano... igual que me pasa a mí.

Cally se lo quedó mirando mientras asimilaba todo lo
que Leon le había contado. Ahora ya no le extrañaba
la poca importancia que Leon le había dado a sus títulos,
como si no le pertenecieran. Y tampoco le extrañaba
por qué, hasta ese momento, no había querido casarse.
Porque una vez que el soberano de Montéz se casaba,
no sólo tenía que confiar en su mujer a lo largo de su
vida sino también tras su fallecimiento.

«Lo que significa que ha querido depositar su confianza en ti», se dijo a sí misma.

—En fin, ahora ya lo sabes —concluyó Leon—. Soy el
príncipe, pero sólo por una cuestión técnica que se re-
monta al siglo XVI. En lo que se refiere a la descendencia por parte de padre no tengo ni una gota de sangre
real en mis venas.

—¿En serio crees que tiene importancia tu sangre,
Leon? —preguntó ella con voz entrecortada—. ¿Qué importancia tiene quién era tu padre o si eres príncipe por un
tecnicismo o por cuestiones de biología? Lo que realmente importa es que el príncipe piense sobre todo y
ante todo en su pueblo. Por eso es por lo que apoyaron
a Sébastien entonces y ahora te apoyan a ti.

—Es posible.

Leon volvió el rostro y miró a Cally a los ojos con la esperanza de que la vergüenza que sentía por un pasado que él no podía controlar no pusiera en peligro su futuro con la única mujer que había conocido a quien no le importaba que él fuera un príncipe, sólo si era un hombre decente.

–Al poco de la muerte de Girard, estaba tan angustiado que empecé a tener serios problemas de conciencia –continuó Leon–. Pero, por otra parte, pronto acabaría siendo del dominio público que cualquier hombre que dejara a Toria embarazada sería el padre del siguiente príncipe de Montéz, y las consecuencias serían catastróficas.

–¿Lo sabía Toria? –preguntó Cally.

–Girard le explicó lo que esa ley implicaba cuando se casaron, y fue tras la muerte de él cuando Toria vio la oportunidad de utilizar ese antiguo decreto para beneficio propio. Cuando yo me resistí a sus insinuaciones, Toria se dio cuenta de que, si acudía a los medios de comunicación, conseguiría que éstos hicieran indagaciones. Eso fue precisamente lo que me convenció de restablecer la ley contra la prensa.

–Así que el último recurso que le quedaba para vengarse de ti era quedarse embarazada, ¿no? –a Cally le horrorizó que una mujer pudiera utilizar su capacidad de procrear con semejante fin en mente.

–En parte sí. Pero ahora creo que disgustarme, intentar separarnos a ti y a mí, fue una ventaja añadida de un embarazo accidental.

–Igual que la solución a ese problema fue una ventaja añadida de mi embarazo –añadió Cally con desaliento.

–No puedo negar que, en cierto modo, sea verdad –la mirada de Leon era opaca, culpable–. Pero no es tan sencillo. Siempre dije que no quería casarme.

Ahora podía comprenderlo, pensó Cally. No sólo por las peculiaridades de la ley, sino también por el matrimonio sin amor que la madre de Leon había soportado toda su vida.

–Nunca he querido casarme. Pero después de conocerte, no hacía más que inventarme motivos para justificar mi actitud porque tú me demostrabas todo el tiempo lo equivocado que estaba. Como, por ejemplo, cuando pensaba que lo único que querías era fama o sexo. Cuando te marchaste a París, me dejaste sin excusas.

–Aunque eso fuera verdad, no hiciste nada hasta no darte cuenta de que el bienestar de tu reino te empujó a actuar –Cally sacudió la cabeza–. Si me lo hubieras dicho, quizá lo hubiera comprendido. Pero no lo hiciste.

Leon, con pesar, asintió.

–Supongo que me daba miedo que, al enterarte, te alejaras de mí. Después... dejó de tener nada que ver con mi reino.

–¿Qué? –Cally se lo quedó mirando mientras él se metía la mano en un bolsillo y sacaba el artículo del periódico que se había guardado aquella mañana, el artículo que no había querido enseñarle y que puso encima de la hierba en la que estaban sentados.

En medio de la página había una foto de la boda de Toria tomada el día anterior. Cally paseó la mirada por el vestido blanco y el bebé que el novio tenía en sus brazos mientras trataba de asimilar su significado: hacía un rato, Leon le había explicado que, según la ley de descendencia al trono, el hijo de la viuda del soberano heredaba el trono siempre y cuando la viuda no volviera a casarse...

Lo que esa boda significaba era que para Toria era más importante casarse con un famoso futbolista que vengarse de su cuñado. También significaba que el hijo de Toria había perdido su derecho al trono. Y también que Leon tenía todos los motivos del mundo para cancelar su boda con ella.

Pero no lo había hecho, porque esa misma mañana le había llevado al sacerdote su licencia de matrimonio.

–¿Quieres decir que no necesitas casarte conmigo pero que, de todos modos, quieres hacerlo?

Capítulo 14

LEON asintió despacio y Cally temió que el corazón fuera a estallarle de felicidad.

Sin embargo, también sabía que, fueran los que fuesen los motivos por los que Leon aún quería casarse con ella, el amor no era uno de ellos. De quererla realmente, le habría hablado de su pasado meses atrás, o semanas, o incluso aquella mañana. Pero no lo había hecho hasta ahora, después de que ella se tropezara accidentalmente con el árbol genealógico de su familia.

–Leon, cuando accedí a casarme contigo... lo hice porque te amo –declaró Cally, consciente de que ella también tenía que ser honesta por inútil que fuera–. Creo que me enamoré de ti en el momento en que te vi en Londres, y por eso pensé que podía casarme contigo aunque tú no me quisieras. Pero no puedo.

Mientras la escuchaba, en un momento de cegadora lucidez, Leon se dio cuenta de que lo que más quería en el mundo era el amor de esa mujer, y también lo que menos se merecía. Por eso, aunque esas dos palabras que podían sellarlo todo querían escapar de sus labios, decidió que no era suficiente.

Leon respiró profundamente.

–Vamos, quiero enseñarte algo.

–¿Qué?

–Ya lo verás –Leon se puso en pie, la ayudó a levantarse y la guió hasta el coche.

Después de lo que a Cally le pareció una eternidad mientras recorrían la carretera de la costa, Leon detuvo el coche delante de un moderno edificio blanco a las afueras de la ciudad principal de la isla.

–¿Dónde estamos?

Leon salió del coche, lo rodeó y le abrió la portezuela.

–El día que llamaste a la universidad y te dijeron que no estaba, me encontraba aquí.

Cally suspiró.

–No es necesario que me expliques nada.

–Sí, lo es.

Con desgana, Cally le siguió a la entrada del elegante edificio. Leon introdujo una tarjeta en un orificio y las puertas se abrieron. El interior olía a pintura y el suelo estaba salpicado de herramientas.

–Se supone que van a terminar esta sección al final de la semana –dijo Leon–. El resto ya está acabado.

Leon la condujo a un enorme atrio y fue entonces cuando Cally los vio. Ahí, en la pared que tenía delante, estaban los Rénard, flanqueados por dos enormes ventanales con vistas al Mediterráneo.

Inmediatamente, Cally se acercó a los cuadros, acompañados de todo tipo de información sobre su composición y trabajo de restauración, acreditándola a ella como restauradora.

–¿Cuándo? ¿Cómo? ¿Qué edificio es éste?

–Desde que mi madre me dijo que yo era descendiente del gran pintor, me di cuenta de que Montéz no tenía una galería de arte –Leon se encogió de hombros como si eso ya no importara–. Después, cuando empecé a trabajar con el profesor Lefevre, también me di cuenta de que los estudiantes de arte de la universidad no tenían ningún sitio donde exponer sus obras. Por eso hice construir este lugar, aunque no quería decírselo a nadie hasta que no estuviera acabado.

–Es perfecto –declaró Cally–. Dime, ¿tenías pensado desde el principio poner los Rénard aquí?

Leon, incómodo, se pasó una mano por el brazo.

–Aunque me gustaría decir que sí, al principio no era ésa mi intención. Compré un Goya en Londres para exhibir aquí, pero los Rénard los compré para mí solo. Supongo que quería algo de la familia de mi padre en el palacio. Pero tú me hiciste comprender que, si los guardaba allí, me parecería más al tirano del siglo XVI que a mis antepasados.

–De haber sabido por qué estabas tan apegado a ellos no habría mostrado tanta falta de tacto –respondió Cally pesarosa.

–Pero, como tú bien has dicho, no importa la sangre que corra por mis venas. Los Rénard se merecen que los vean el mayor número de personas posibles. Además, no me ha resultado tan difícil separarme de ellos como de otra cosa –Leon indicó con un gesto la pared a espaldas de Cally y ella se volvió.

–¡Mi cuadro! –gritó Cally completamente sobrecogida de emoción–. Creía que... si lo encontrabas, lo tirarías al mar.

Leon sacudió la cabeza.

–Es magistral, Cally.

–No.

Leon enarcó las cejas. Ella volvió a mirarlo y reconoció que no era tan malo como pensaba.

–Creía que tú no pintabas.

–Desde David. Pero cuando te conocí a ti...

Leon asintió y se quedó contemplando el cuadro.

–Lo de que es magistral lo he dicho en serio. Cuando lo miro casi puedo sentir la pasión que sentiste tú al pintarlo.

Cally se ruborizó.

–Eso tiene una explicación –de repente, los ojos se le llenaron de lágrimas–. Gracias. Gracias por comprender lo que significa para mí. Creía que...

–Que yo pensaba que tu trabajo era algo con lo que matabas el tiempo hasta que te casaras, ¿verdad? Sí, lo sé –dijo Leon con remordimiento–. Debería haberme dado cuenta antes de que no es así.

Leon suspiró y continuó:

–Debería haberte traído aquí antes. Hay muchas cosas que debería haber hecho antes. Pero esto... tenía pensado decírtelo el día de nuestra boda. Sólo estaba esperando a que Jen me dijera si podía venir para la fiesta de la inauguración.

Cally, perpleja, se lo quedó mirando.

–¿Jen? ¿Te refieres a mi hermana?

–La he invitado para que escriba un artículo sobre la inauguración de la galería. También he invitado a Kaliq y a Tamara –explicó él con gran esfuerzo.

–Eso es fantástico –susurró Cally.

Leon encogió los hombros.

–Sé que exhibir los cuadros aquí no puede compensar el sufrimiento que te he causado, pero yo... necesito que comprendas lo mucho que me has hecho cambiar respecto a todo. El mes que pasamos juntos... en fin, fue el tiempo más feliz de mi vida.

Leon hizo una pausa, respiró hondo y añadió:

–Sé que quizá sea pedirte demasiado, pero si has dicho de verdad que me amas, deja que aprenda a amarte como te mereces, deja que quiera a mi hijo como se merece.

Cally sintió un maravilloso calor en todo el cuerpo.

Leon la miró con reverencia y la tensión de sus hombros se disipó.

–Me da igual el tiempo que me lleve.

Cally acarició ese rostro extraordinariamente hermoso.

–Lo que sea, da igual –declaró ella reflexivamente–. Pero no olvides que has sido tú quien me ha enseñado las ventajas de actuar impulsivamente –los ojos de ella adquirieron un brillo travieso.

Leon dio un paso hacia ella y preguntó con voz ronca:

–¿Qué es lo que estás diciendo, *ma belle*?

–La iglesia está reservada para dentro de cuatro días, ¿no?

Leon, maravillado, se la quedó mirando y luego sacudió la cabeza con incredulidad.

–¿Quieres decir que sigues dispuesta a casarte conmigo, tal y como estaba planeado?

Cally estaba radiante.

–A menos que te parezca algo precipitado...

Leon sacudió la cabeza y la estrechó contra sí.

–*Non, mon amour par la mer* –susurró él–. Vas a hacerme el hombre más feliz del mundo.

Bianca™

El magnate griego no estaba dispuesto a renunciar a su hijo...

La bella Eve Craig cayó bajo el influjo del poderoso Talos Xenakis en un tórrido encuentro en Atenas. Tres meses después de que perdiera con él su inocencia, perdió también la memoria...

Eve consiguió despertar el deseo y la ira de Talos a partes iguales. Eve lo había traicionado. ¿Qué mejor modo de castigar a la mujer que estuvo a punto de arruinarlo que casarse con ella para destruirla? Entonces, Talos descubrió que Eve estaba esperando un hijo suyo...

Una pasión en el olvido

Jennie Lucas

Acepte 2 de nuestras mejores novelas de amor GRATIS

¡Y reciba un regalo sorpresa!

Oferta especial de tiempo limitado

Rellene el cupón y envíelo a
Harlequin Reader Service®
3010 Walden Ave.
P.O. Box 1867
Buffalo, N.Y. 14240-1867

¡Sí! Por favor, envíenme 2 novelas de amor de Harlequin (1 Bianca® y 1 Deseo®) gratis, más el regalo sorpresa. Luego remítanme 4 novelas nuevas todos los meses, las cuales recibiré mucho antes de que aparezcan en librerías, y factúrenme al bajo precio de $3,24 cada una, más $0,25 por envío e impuesto de ventas, si corresponde*. Este es el precio total, y es un ahorro de casi el 20% sobre el precio de portada. ¡Una oferta excelente! Entiendo que el hecho de aceptar estos libros y el regalo no me obliga en forma alguna a la compra de libros adicionales. Y también que puedo devolver cualquier envío y cancelar en cualquier momento. Aún si decido no comprar ningún otro libro de Harlequin, los 2 libros gratis y el regalo sorpresa son míos para siempre.

416 LBN DU7N

Nombre y apellido   (Por favor, letra de molde)

Dirección   Apartamento No.

Ciudad   Estado   Zona postal

Esta oferta se limita a un pedido por hogar y no está disponible para los subscriptores actuales de Deseo® y Bianca®.
*Los términos y precios quedan sujetos a cambios sin aviso previo.
Impuestos de ventas aplican en N.Y.

SPN-03   ©2003 Harlequin Enterprises Limited

Entre las sábanas del italiano

NATALIE ANDERSON

El italiano Luca Bianchi había renun-
ciado a las mujeres y estaba completamente dedicado a su negocio millona-
rio, pero Emily Dodds, con su belleza
sencilla y su estilo de vida ordenado,
le había empezado a tentar. Ante ella,
su cuerpo había cobrado vida y estaba
dispuesto a demostrárselo.
Emily siempre había sido una mujer
sensata, pero con Luca su parte atrevi-
da salía a la luz. Lo único que él podía
ofrecerle eran noches exquisitas entre
sus sábanas pero, después de haber
probado tales dulzuras, ¿cómo no
querer más?

Compartían noches abrasadoras

Bianca™

La atracción entre ellos se volvió tan explosiva que no pudieron resistirse a la tentación

Marin Wade, que estaba a punto de perder su empleo, se alojaba en casa de su hermanastra, Lynne, cuando el jefe de ésta, Jake Radley-Smith, se presentó sin aviso. Como Lynne no estaba y él necesitaba una acompañante para esa noche, insistió en que ella lo acompañara. Marin no tuvo más remedio que aceptar, pero la farsa se convirtió en algo más cuando Diana, la ex novia de Jake, se empeñó en que la pareja asistiera a una fiesta en su casa de campo el fin de semana siguiente.

Obligada a fingir ser novia de Jake durante la fiesta de Diana, empezó a tener dificultades para distinguir entre ficción y realidad…

Inocencia salvaje

Sara Craven